\倒數計時！/
學科男孩⑥

新男孩登場！英語同學

一之瀨三葉・著
榎能登・繪
王榆琮・譯

時報出版

目錄

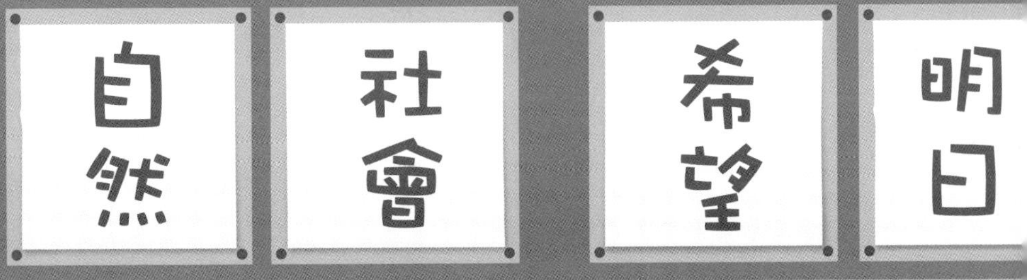

ABC

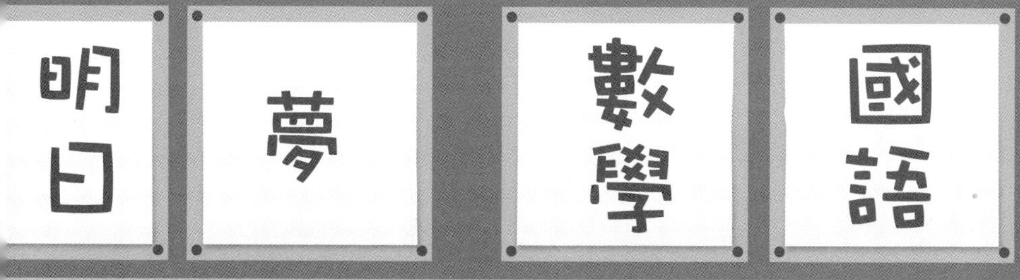
國語
數學
夢
明日

人物介紹

姓名 **花丸圓**

心中充滿煩惱的小學 6 年級女孩。
雖然努力讀書，但成績一直不太理想。

姓名 **數學計**

小學 6 年級男孩。誕生自數學課本，
言行有一點粗魯。

姓名 **國語詞**

小學 6 年級男孩。誕生自國語課本，
個性體貼又可靠。

姓名 **自然理**

小學6年級男孩。誕生自自然課本，
非常喜歡動物和植物。

姓名 **社會歷**

小學6年級男孩。
誕生自社會課本，
很懂歷史和地理知識。

姓名 **安德・英語**

小學6年級男孩。誕生自英語課本，
目前寄宿在川熊老師家。

1　亞麻色頭髮的男孩

——春天，四月。

今天開始，就是新學期了！

「哇！你看，櫻花開了耶。」

上學的路上，我發現盛開的櫻花，不加思索地停下了腳步。

像雪花般紛紛飄下的粉紅色花瓣。

櫻花樹的前方則是一望無際的藍色天空。

就在我盯著這美不勝收的美景時，

「這是**染井吉野櫻**。」

小理對著我說道。

小理睜大著圓圓的雙眼，拿起放大鏡盯著櫻花和櫻花樹幹。

「櫻花也有各式各樣的種類，從花瓣和花萼、樹皮的形狀就能分辨出來。染井吉野櫻是現代日本最常見的品種之一喔。」

「哇～」

染井吉野櫻。本身就像名字那樣漂亮呢。

就在我抬頭看呆著的時候，視線裡突然映入一頭清爽的黑髮。

「這就叫作『**春爛漫**』喔～」

「春，爛爛？」

我看向旁邊，**小詞**正溫柔地對著我微笑。

「『春爛漫』是形容花朵美麗綻放，散發耀眼光芒的春天樣貌的景色。今天剛好是新學期，真是個舒服的早晨呀。」

話才剛說完，「對呀～！」我就聽到這樣的應和。高個子的男孩，是**小歷**。

「春天給人一種充滿希望的感覺，或者是好像有種要發生什麼事情的預感。妳看，例如，會有什麼新的相遇，或是有一段新戀情之類的……」

小歷說著，一雙眼睛也突然看向我。

我就這樣被直接盯著看。

「……呃，你，你做什麼啦，小歷。」

我急急忙忙地別過臉，突然，某個認真的表情突然近在眼前。

「唉呀！覺得不好意思的小圓也好可愛喔～♪，妳看，臉頰像櫻花一樣變成粉紅色的……」

「——**要遲到了**。」

才剛聽到這冷冰冰的聲音，**小計**用力地把小歷往前推。

跟往常一樣臭著一張臉，完全不看櫻花一眼往前走著。

「喂！小計也稍微看一下嘛！」

「就是呀！難得開得那麼漂亮。」

我也對小歷的建議表示贊同。

小詞和小理也認同點著頭看向小計。

但是，小計只是皺著眉頭：

「不就是花嗎？邊走邊看就可以了，回家的時候或是明天都能看。」

什麼？**什麼叫作「不就是花嗎」**。

「雖然是花，但這是櫻花耶，而且這是新學期早上開的櫻花！這不是很特別嗎？」

喜歡花草植物的我，這時候可不能不站出來說點什麼了。

這麼漂亮花，居然只是說「不就是花嗎」之類的，真是讓人不敢相信！

「從今天開始我們就是六年級生了，小計要不要也試著尋找出全新的自己？你看，看著這麼漂亮的花，皺成一團的眉頭也會自然地放鬆下來……」

「全新的自己？」

小計用他銳利的眼神轉頭看向我：

「在昨天的**『五年級數學複習考題』**裡只考出**『十六分』**的傢伙，什麼時候也可以『尋找出

全新的自己』啊？』」

「啊……」

「計算錯誤、忘記寫小數點、沒搞清楚題目意思……總之，妳也未免錯太多了吧。即使解開題目，但是答案寫錯也得不到任何分數，這我應該說過很多次了吧。」

「嗚……對，對不起。」

小計的話直擊我的心。

我明明想謹慎一點的，但是為什麼就是會寫錯呢……

「雖然已經不需要擔心壽命問題了，但是也不知道什麼時候又會陷入危機中。為了讓妳可以保持警覺心，今天的數學練習講義要做以前的**三倍**！妳覺悟吧！」

「欸……欸欸欸欸欸欸欸欸欸欸欸!!」

……啊，我還沒有自我介紹吧。

我叫花丸圓，從今天開始就是六年級生了，是對讀書有點不太擅長的普通女孩。

然後呢，跟我一起上學的這四個男孩，目前寄宿在我們家。

那個沒血沒淚的念書鬼是數學計。

穩重又有禮貌的是國語詞。

悠閒又我行我素的是自然理。

看起來像個小大人，又有些輕浮的是社會歷。

這些很有個性的帥哥們……其實有一個不能告訴別人的大「**祕密**」。

那就是——他們其實是誕生自我的國數自社四科課本的「**學科男孩**」。

我們是在去年九月相遇的。

那時候因為媽媽忽然過世而心情跌落谷底的我，面前出現了這四個自稱「我們是妳的課本」的男孩。

一開始他們告訴我，自己的生命是由我的考試分數所決定的，然後我的成績實在是爛到一個沒救了的狀態……狀況真的是很糟糕。

但是，就在我們一起克服各種困難後，我們也有更深的羈絆了。

就在前陣子，我發現一絲希望，或許他們並**不是「壽命＝成績」**這樣的關係。

「啊～！要**公布編班**結果了，好緊張喔！」

我說完，本來看著小計的其他三個男孩都一起點著頭。

「對呀！今年我如果可以跟圓圓同班該有多好啊～！」

「就是呀！我看我們全部都在同一班，搞不好會很好玩喔！」
「喔！這樣不錯耶！」
「的確，大家在同一班，感覺起來應該很有趣。」
我自然而然地笑了出來。
五年級第二學期才轉過來這四個人，各自被**分配在不一樣**的班級裡。
但是，升上了六年級，大家在同一個班級，也是很可能的事。
（六年級是小學最高年級，也是小學**最後一年**……雖然很緊張，但是我覺得一定也會有很多有趣的事情等著我。）
「啊，這麼說來，」
小歷突然笑著看著其他男孩。
「如果我們四個人在同一班，那就得說清楚——我們之中誰才是『真正的領袖』！」
「欸……？」
什……什麼？**真正的領袖？**

「你們看嘛！我們全部都是班級代表的候選人，班級代表一班只會有一個男孩和一個女孩，四個男孩都是候選人，就得投票決定。也就是說，這個人就會是全班最信任的那個人！如果用無論男女的客觀意見來決定的話，就不會有人抱怨了吧！」

「什麼班級代表的很浪費時間，我才沒興趣。」

一口回絕的人是小計。

但是，小歷完全不為所動，反而笑瞇瞇地說道：

「那，小計不要參加好了，如果我是領袖的話，我就會規定晚餐的『炸雞』和『漢堡排』，身為領袖的我就可以想吃多少就吃多少喔～」

「喂，喂！炸雞不要獨占啦！」

小計急急忙忙地回嘴道。

「訂這種不公平的盛飯規則的傢伙，哪算是有領導風範。晚餐的餐點分配還是以抽籤決定才是最公平的吧。」

「之前的確是這樣沒錯，但是抽籤現在已經沒法燃起鬥志了，碰到好吃的料理還是要用比賽勝負來做決定吧？來比賽啦！或是用猜拳，還比較有勝負感呢。」

小歷嘟著嘴說道。

接著，小理與小詞一臉好奇地看著小計。

「嗯……但是猜拳的話，小計一定會輸的吧……」

「對呀。小計猜拳很弱，老實說都不知道該不該同情他的那種弱……」

「吵、吵死了，吵死了。不要用同情的眼光看我！我才不是因為弱，只是為了能確保公平性，抽籤比較……」

看著這些大聲喧嘩的男孩們，我也不禁露出苦笑的表情。

他們四個人如果在同一班的確很有趣，但是級任老師也會很辛苦吧。

明明都住在一起，為什麼就不能更「將親將愛」呢？

這裡應該是要說「相親相愛」喔！
意思是氣氛和諧地和樂相處的成語喔！

「編班表好像貼在鞋櫃前的牆壁喔！」

小歷說的是穿過校門的那個地方。

可能是剛好到了上學時間的最高峰，那裡充滿了學生。

學生們揹著五顏六色的書包，朝著樓梯的方向走去。

（啊……）

忽然湧現了回憶，我因此停下了腳步。

「……我想起了一件事。」

「嗯？」

「我先過去，你們再馬上跟上！」

我轉過頭對男孩們揮揮手，馬上朝**那個地方**跑過去。

那是——校園裡的垃圾場。
一處被水泥圍起來，用鐵皮屋頂簡單搭建的空間，到處都髒兮兮的，也有點臭臭的。
但是，這個垃圾場，對我來說是一處**特別的地方**。

——因為這裡是我跟學科男孩們相遇的場所。

每次一站在這裡，我就自然而然地產生出一股沮喪的感受。
所以無論如何，我今天都要從這裡開始。
（……媽媽，我們大家都平安地升上六年級了喔！）
我閉起眼睛，在心中默唸著。
男孩們都是因為過世的媽媽因為擔心我，才與課本的靈魂產生共鳴而誕生到這個世界上的。
每次一想到這件事，就能夠感受到媽媽的溫柔在我的身邊。
我也產生了好好努力的想法。

我在「開始的場所」前，下定決心。

（我一定要在接下來的這一年，找到讓學科男孩們成為「真正的人類」的方法！還有……今年一定以考試考滿分為目標繼續努力！）

好！

我轉換了心情，改變方向。

到大家集合的地方吧。而且我也很在意編班名單……！

「……嗯？」

一瞬間我看到有個人影朝著池塘的方向前去。

（那是誰呀？乍看之下，不太像是校職員或是老師之類的人呢……）

但是，一大早就在那裡的人，到底是誰呢？

我要前往的百天國小的池塘，是位於校園的更裡面的區域。

那裡有茂密樹木，而且即使在正中午也是又暗又濕，而且也因為有關於那座池塘的怪談傳說，所以那裡沒有什麼人想靠近。

在開學的頭一天早上，特別到那個地方，也太奇怪了吧……

（……而且，應該不會告訴別人，發現我一大早就跑到垃圾場來吧。）

我不知不覺也朝著池塘的方向走去。

周圍廣闊的空間有股安靜而神祕的氣氛。

到剛剛為止還那麼暖呼呼地，現在卻有股寒意……

我一邊摩擦著雙手，慢慢地靠近——

（欸……？）

映入眼簾的光景，讓我屏住呼吸。

——站在哪裡的是一個，**閃閃發亮的男孩**。

隨風飄揚的亞麻色頭髮。

微暗的樹蔭下，但他的身體看起來卻像是浮現著一股閃閃發亮的光芒。

（欸……？）

我用力地眨著眼睛。

騙、騙人的吧。這是，**真實的人**嗎？

是妖精嗎……不，搞不好是怪談傳說裡的那個東西也說不定!?

看、看吧，那座池塘，不就有什麼東西出現的傳說嗎？

落魄武士？狼人？不對，**應該是其他東西……**

「妳在做什麼？」

「哇啊!?」

我發出尖叫聲。

我到處找著忽然發出聲音的人的位置——我看到校園一樓的窗戶那邊，我的好朋友成島優正在那裡。

我一下子放心了下來。

「小、小優呀……？早安。」

「早安，我正要去校職員辦公室。」

小優一邊說，一邊微笑說著。

「對了，小圓，妳看了編班結果了嗎？」

「還沒！現在才要去看！」

「這樣呀？那我也要再回去鞋櫃那裡一趟，我們到那裡集合囉。」

「OK！」

我跟小優說掰掰後，急忙往來這裡的路上走回去。

「……」

我最後往後看了看。

但是，已經看不到剛剛站在那裡的那個不可思議的男孩了。

2 令人心跳加速的重新編班

貼著重新編班資料的牆壁前，擠滿了許多人。

我一邊擠進去，一邊往最前面前進，確認寫在編班表上的名字。

「嗯。小圓、小圓……有了。」

我的名字馬上就被找到了，是**六年一班**。

緊接著，花丸圓的旁邊就馬上找到「城島優」這個名字。

「啊！小優，我們今年也同班！太棒了！」

「對呀！好開心唷！今年也多多指教喔！」

我們兩個手拉著手，蹦蹦跳跳著。

能夠跟好朋友小優在同一班，**真的超幸運的！**

我們學校的六年級有四個班，「還能在同班的可能性也許不高」，春假的時候小優很擔心地這樣說過。

六年級有畢業旅行，如果能在同一班那就太好了。

「啊！男孩們呢？小優有確認他們的班級嗎？」

「嗯……我們班的話——」

「小圓！小優！」

在小優回答我的話前，從後面傳來了一陣很有精神的聲音。

是綁著辮子、戴著眼鏡的小個子女孩，近藤和佐。

「我也一起喔，是同一班喔！」

「哇！跟和佐也同班嗎？」

「終於呀！四年級那時候也同班呢。和佐」

「對呀！又同班了，請多多指教喔！」

和好朋友小優以及和佐兩個人同班，應該可以有很開心的一年吧！

就在我們嘰嘰喳喳聊著的時候，

「小圓。」「圓圓。」

小歷和小理揮著手，走了過來。

「我是**三班**～」

「我在**四班**喔。」

他們稍微有點遺憾地說道。

坐在小理肩膀上的變色龍小龍也冒出頭看著。

「這樣呀。」

我摸著小龍的頭，也覺得有點可惜。

「如果大家可以都在同一班，那該有多好呀……。」

這個世界上，就是不會有這種好事的吧……

我不經意地看過去，發現小詞站在兩個男孩的後面。

小詞看到我，不好意思地微笑說道：

「……我是，**一班**。」

「欸!?」

因為太驚訝了，所以我馬上又去確認了牆上的編班名單。

啊！真的耶……上面寫著「國語詞」！

（哇！今年跟小詞在同一班……！）

真的好開心喔！

在同一班的話，無論上課或是午餐時間，我都可以多多瞭解關於小詞的事情呢。

「多多指教喔！國語同學。」

「好的。也請妳們多多指教喔。小圓、城島同學和近藤同學。」

大家急忙地跟同班同學打招呼的時候，再看過去，可以看到小計一個人走了過來。

「啊！小計，你在哪一班？」

我急忙地詢問，小計往我這裡看了看說：

「……我是**二班**。」

小計輕聲且悶悶不樂地回答道。

「啊，這樣呀。」

要和小計，不同班了。

五年級一直在同一個班級，現在不同班，真讓人感到有點**寂寞**呢。

雖然一瞬間出現這樣的想法，但我又搖了搖頭。

往好處想，每次考試的時候，我就不會承受隔壁座位傳來「考幾分？」「又不及格了吧？」之類的壓力，也不用讓他看筆記本上的讀書計畫，其實應該也會蠻輕鬆的吧……？

「呼哈……」

小計打著哈欠，連招呼也沒打就自己走掉了。

換班的事情，他好像一點感覺也沒有。

（嗯，這樣也沒什麼不好啦……）

我覺得有點不太自在地看著他的身影，小理和小歷也跟著追了過去。

「不然，第一個跑上四樓的人就當領袖！炸物～！」

「預～備，我也不會輸喔！炸物～！」

「等、等一下，太卑鄙了吧！這樣說來，要先計算體型差異和肌肉量吧……炸物～！」

他們三個人一邊嬉鬧著，一邊快速地爬上樓梯。

「喂！請不要在走廊奔跑！……真是的，為什麼一大早就那麼有精神呀！」

「其實，真的有點羨慕呢。」

小優和和佐有點驚訝地笑著說道。

接著，旁邊的小詞謙虛有禮地捲起袖子，

「雖然在小圓妳們的旁邊講有點不好意思，我也來……炸物～！」

小詞意外地開心加入他們的行列，朝其他三個男孩追了過去。

我和小優、和佐一起往位於四樓的六年級教室前進。

四樓在過去五年級之前，只有家政課與音樂課的時候會過來。

從一樓一口氣變成在四樓上課，真是比想像中辛苦多了……

稍微喘口氣之後，我們便陸續進入六年一班教室。

教室裡看起來已經有很多人了，感覺非常熱鬧。

「國語同學，我們同班耶。」

「國語同學，再請你推薦書單給我喔。」

先到達教室的小詞已經被同班同學所包圍了。

真不愧是小詞，無論男同學還是女同學都很喜歡他呢。

我將書包放在我自己的座位上，忽然從人群的間隙中看到小詞的身影。

微笑。

我們兩人眼神交錯的瞬間，可以感受到他溫柔的笑意。

因為很開心，所以也讓我一下子心跳不已。

（從今天開始，每天都可以在教室裡眼神交會……！可以跟小詞變得更要好，真棒呢！）

噹噹噹噹　噹噹噹噹

一會兒，早晨的鐘聲響起。

同時，老師也進入教室裡。

我們班的級任老師，跟去年一樣是**川熊老師**。

老師有著大大的身體和一雙毛茸茸的手臂，真的就像是一隻熊。

「大家，注意聽我說。我要來公布一個**大消息**囉。」

老師看了教室一圈，照慣例清了清喉嚨。

故弄玄虛，浮現笑瞇瞇的表情。

「其實……我們班來了個**留學生**喔。」

欸？留學生!?

大家，你看我，我看你。

「所謂的留學生，是指外國人？」

「好棒！」

教室裡到處充滿了說話聲，討論得非常熱烈。

老師像是要壓過這個聲量，大聲地說：

「上個禮拜，這個留學生就已經到川熊老師家寄宿了，我等不及要趕快跟大家介紹了！——那個，**英語同學，請你進教室。**」

老師朝著走廊叫喊。

喧鬧的聲音一下子安靜了下來，同時有個男孩走進教室裡。

他有著高高的身體，背脊直挺挺地站著。

「啊……！」

我看到那張臉的瞬間，忍不住發出聲音。

輕柔的亞麻色頭髮，雪白透亮的皮膚。

凝視著前方的眼睛，是天藍色的。

還有，他的全身就像是散發著閃亮亮的光芒似的，有種神祕的氣息。

……絕對不會錯。

——他就是今天早上，我在池邊看到的那個男孩。

（那個人，原來是留學生啊……！）

是真實存在這個世界的人，我有點鬆了一口氣。

「那麼，請英語同學自我介紹囉。」

老師說道。

在班上同學視線的凝視中，他大方且一點都不扭捏地自在並酷酷地開口說道：

「**……Hello. I'm Eito English. Nice to meet you.**」

（大家好，我是安德．英語，很高興跟大家見面。）

3 留學生的祕密

「那麼，現在就開始**始業式**，請大家往體育館移動，也請大家幫英語同學帶路喔！」

休息時間同學們都吱吱喳喳地圍著英語同學。

班上第一次有留學生，大家都很興奮。

（我也想跟他講話，但好像暫時還沒有辦法……）

我從人群的縫隙看過去，他的側臉，還是跟自我介紹時一樣，沒什麼表情。

是性格很酷的人嗎？

過了一會兒，從那群圍觀的人中，有一臉興奮的女孩跑了出來。

「呀～！跟英語同學說到話了，他好帥喔～！」

「有股神祕的氣質也好棒喔！」

「我懂我懂！有點酷又有點讓人怦然心動呢！」

那些女孩吱吱喳喳興奮地聊著，然後往走廊上走去。

問新同學問題，該不會，是用**英文**吧？

如果有機會，我也想問問他：「今天早上，你是不是在池塘那裡？」……

（嗯～絕對沒辦法……）

因為我的英文，實在是非常的**不行**呀。

五年級雖然沒有英語科考試，但是如果有的話，我覺得可能比數學分數還要可怕吧。

（六年級開始就會有英語科考試了吧？如果又不及格，小計一定會氣炸……）

我一面這麼想，一面看向隔壁座位，忽然恍然大悟。

對喔。

我已經沒有跟小計同一個班級了，隔壁座位沒有人。

可能是還不習慣吧……總覺得怪怪的。

體育館的始業式結束後，大家回教室開班會。

決定班上的幹部後，就分發新的六年級課本。

（哇，新課本耶……）

一拿到手，我忽然就激動了起來。

每年我拿到新課本的時候，心裡總是會想「今年也要好好加油喔！」不過，這次還多了一種不一樣的感受。

——因為現在的課本對我來說，已經不只是課本而已。

而是為了守護我努力念書所存在的、像是守護者的姿態。

讓我看到許多新世界；陪我一起冒險；像是朋友般的存在。

許多未知的事情讓我充滿期待，瞭解未知的事物也讓我心跳加速，這全部都是課本——「學科男孩」們教我的。

（今年也請多多指教囉！）

我端正姿勢坐穩，對著課本鞠躬。

放在課桌上的是新課本。

數學、國語、自然、社會。

還有，英語……

（話說回來，五年級的英語課本，好像沒怎麼使用上呢。）

我忽然，想起五年級時的英語課本。

五年級的時候，多半都是唱英語歌，或是大家用遊戲的方式在上英語課，英語課本幾乎都放在家裡呢。

我也沒有像其他課本一樣，會反覆翻閱英語課本……結果有沒有英語課本好像變得一點意義都沒有了呢。

才這樣想，老師就舉起他手上的英語課本說道：

「英語是世界上通用的國際語言，而且現在英語同學也來到我們班，大家要以當個國際人為目標喔！今年要好好使用英語課本，無論是考試或是英語會話都會確實執行喔！」

說到考試，教室揚起「欸～」「真的假的啦～」的不滿聲。

我也變得有點憂鬱了起來，看了看英語課本。

英語考試嗎……？看來我應該考不了多高的分數啊……

盯

這個時候，我忽然感受到一陣**視線**。

是什麼？總覺得，是股該說是銳利，還是可怕的感覺……？

我環顧四周，跟幾個人的目光相交。

小優、和佐、小詞……大家都意外地笑容滿面看著我。

當然，他們也沒有露出可怕的視線。

我轉頭，讓自己面向前方。

……該不會，只是我的錯覺吧？

今天學校的課程，只有半天就結束了。

放學集合後，我正在整理堆得像山一樣的東西，這時候我發現有人站在我的身邊。

「——小圓。」

我聽到這個聲音，驚訝地抬起頭來。

「欸？」

是留學生的英語同學。

他直直地盯著我看，那雙天藍色的眼睛。

哇！靠近一看，好像彈珠汽水裡的珠珠喔……

「I want to talk to you. Can you come with me?（我有話跟妳說，妳可以跟我來嗎？）

「……欸？」

說個不停……

但我也只能聽著。

（等、等一下。你在說什麼？**我完全都聽不懂啦！）**

就在我一片慌亂的狀況下，英語同學用眼神看了看走廊。

（嗯……？意思是要我一起去走廊嗎……？）

我一面確認，一面站了起來。

接著，英語同學稍微點了點頭，往走廊走。

嗯，看來是這個意思。

雖然不太清楚要做什麼，不過就先走一步算一步吧。

（哇！他的身高可真高啊！）

我覺得可能跟大人的身高一樣了吧。

還有，他的體格真好，應該有在做什麼運動吧。

我一面看著走在前面的英語同學的背後，一面胡思亂想，忽然英語同學停在門口處。

「After you.」

他忽然讓出位置，讓從走廊要進教室的同學英里里和小七七，做出「妳們先請」的動作。

「……啊、謝謝。」

「No Problem.」

英語同學簡單地回答。

毫無疑問地，她們兩個人的眼睛簡直都冒出了愛心。

（哇……！這該不會就是班上同學常講的「lady burst」吧!?）

正確的說法應該是「lady first」！
「burst」是爆炸的意思喔！

「那個……請問，找我有什麼……事嗎？」

到走廊上的我，小心翼翼地詢問英語同學。

英語同學從剛才就一直沉默不語。

雖然感覺得出來他要說些什麼，但是卻似乎很難啟齒的樣子……

該不會是很在意今天早上在池塘那裡看到我，這件事嗎？我雖然這樣想……但只為了這件事也不需要特別把我叫到走廊上來吧。

（那個……用英語是要怎麼說呀？「請問有什麼是嗎？」首先是，「請問」的英文是……「清穩」……「油」……？）

「小圓。」

「是，是。『清穩油』！」

因為忽然被叫了名字，我急忙向前緊靠。

……我現在到底是在講什麼奇怪的語言啦。

「……Do you know who I am ?（妳知道我是誰嗎？）」

又是一串流利又快速的英語。

要怎麼……I am ? 還是 I miss……應該也不是這樣吧。

……是 I miss 吧，啊，講一講忽然想要吃蜂蜜了。

在軟軟的寒天上，淋上水果、湯圓，還有冰淇淋，……啊，再來點布丁好了。

最後再淋上滿滿～蜂蜜，好．滿．足．喔～～

呵呵呵，呵呵呵……我要開動囉……

因為完全不會使用英語，所以呈現逃避現實的狀態。

拍

忽然，有人搭著我的肩膀。

「欸？」就在我一臉驚訝的同時，看到英語同學正盯著我的臉看。

「We have met before. Do you still not recognize me？」

（我們以前就碰過面了，妳還是沒發現嗎？）

好、好銳利的一雙眼睛。

我的心臟不禁噗通噗通跳著。

（啊……這，這個……）

這個和剛剛在教室裡感覺到的視線是相同的。

難道，剛才在教室盯著我看的，是英語同學……？

但是，為什麼？

我，有什麼事情，惹英語同學不開心嗎……？

「那……那個，可以說中文嗎？我現在說的話，你聽得懂嗎？」

我一面小心翼翼地詢問，英語同學也輕輕地點點頭。

同時，他搭在我肩膀上的手，捏得更用力了。

（英、英語同學？）

我看著他的雙眼，倒抽了一口氣。

雖然感覺起來很銳利……但是仔細一看，卻好像又有些**憂鬱**……？

「……But I can only speak English to you. Maybe that's the "rule".」

（但是，我只能對你說英語。，也許，那是一個「**規則**」。）

明明聽不懂，但為什麼我有內心刺痛的感覺？
怎麼辦？……我說不定刺傷了英語同學的心了？

「——欸？**小圓，妳在做什麼～？**」
這個時候，彷彿是緩和緊張的空氣般，傳來一陣爽朗的聲音。
是一臉笑意的小歷，一邊輕揮著手一邊朝這裡走了過來。
（得、得救了。）
我跑向小歷身邊，向他說明狀況。
「那、那個……英語同學雖然跟我說話，但我完全聽不懂……啊，英語同學就是，剛剛轉學到我們班的留學生……」
「喔喔，就是傳說中的帥哥留學生呀，我的英語，可是很厲害的喔，為了能跟各國的女孩交朋友，我不能荒廢語言科目的學習呢～♪」
小歷一邊表示包在我身上，一邊向英語同學走去。

「Hi, Eito. Nice to meet you! What's up?」

（嗨！安德，很高興認識你，怎麼了嗎？）

流暢又完美的發音，小歷對英語同學搭話道。

真不愧是小歷呀！

我感動著看著他們——小歷突然停止不動。

「欸……？」

接著，小歷像是看到什麼不敢相信的事情一樣，瞪大眼睛。

「喂喂……不會吧？怎麼會有這種事……」

「什麼？小歷，發生什麼事了？」

他視線投向的地方是，英語同學。

欸？該不會是，認識的人？

但是，兩個人的表情，看起來又不太像是很久沒見的朋友再見面的感覺。

反倒是，有種靜悄悄緊張的氣氛。

「……」

一種停止呼吸般的沉默。

我只能在現場看著他們兩個人。

——接著，

過了一會兒，小歷慢慢地說出了令人衝擊的一句話：

「——……你是『學科男孩』嗎？」

欸？

我感覺到自己心臟的跳動與呼吸像是同時間停止般。

（欸……小歷，你在說什麼……？）

時間像是停止般，三個人都一動也不動。

「……」

就像是永恆那麼久似的數秒鐘之間後——。

英語同學一臉凝重地表情，抬起下巴。

「ＹＥＳ。」

4 神祕的學科男孩，超神祕！

「——神祕的學科男孩嗎？」

小計一臉難以理解地碎碎唸道。

那之後，我們馬上叫來了小計、小理和小詞，讓小歷把事情的狀態告訴他們。

安德也許……也是神祕的學科男孩。

我雖然還沒進入狀況，但是……男孩們很明顯地看起來有點不一樣。

小計向大家確認：

「……首先，安德確定是學科男孩，對吧？」

接著，大家都有志一同地點了點頭。

「雖然沒有根據，但是的確，答案是『沒錯』。」

「是呀，總之也可以說是『光憑感覺就能知道』。」

「嗯嗯。安德跟我們有一種相同的味道吧。」

感覺……味道……？

總之，學科男孩們沒來由地就是知道的意思吧。

「那個……如果真的是學科男孩的話，安德也是從課本裡誕生的吧？大概是從……英語課本吧？」

聽完我說的話，一直都沉默不語的英語同學點了點頭：

「I'm your English textbook.」

「他說：『我是妳的英語課本。』」

小歷馬上翻譯出來。

我的英語課本……

即使這樣告訴我，我也馬上覺得不太對勁：

「可、可是，六年級的英語課本是在安德轉學過來的自我介紹後才發的……所以，是從五年級的英語課本嗎？如果是這樣的話，不就是跟小計他們一起誕生的嗎？但是，這樣一來，**在這之前**安德**都在哪裡？**」

各種疑問都一一地冒了出來。

如果其他四個人都覺得英語同學是學科男孩的話，也許就真的是了。

但是……還是有好多**謎團**啊。

「安德，你知道你自己誕生的詳細日期嗎？」

「March 7th, about 4 pm.」

「他說：『是在三月七日下午四點左右。』」

「欸？三月七日的話，……不就是**熱血學院**入學考試那個時候嗎？」

啊……**的確，是那個時候沒錯！**

也是那一天，老師公布了「停止學年末考試」的消息。

那時候因為遇到了男孩們的身體忽然快要消失的大危機，所以為了學年末考試我拚盡了心力念書，「到底該怎麼辦才好？」所以聽到老師公布的消息簡直是絕望了。

然後因為各種因素，我後來接受了以進補習班上課為目標的入學測驗。

「四點左右的話，剛好大概是考試結束的時間吧。我們在補習班前面等妳，等到考試結束後就跟小圓會合……」

「At that time, I was looking at you from a distance.」

「他說：『那個時候，我就在遠處看著妳們。」

「……**啊！**」

我一下子想起那天的事情。

考試結束後，我要跟大家一起回家時……我感覺到了，某個人的視線。

沒錯。就跟剛剛在教室感覺到的一樣，一種銳利的視線。

（那個，該不會是安德的視線吧……？）

就在我低頭沉思時，小計開口說道：

「首先，可以試著多問安德一些事情，我們的存在很有好多謎團，也許可以問出一些**新的情報**也不一定。」

接下來，我們詢問了安德各種問題，他也一一回答。

統整說話的內容——。

首先，安德和其他學科男孩一樣，應該都是從我的「五年級課本」誕生出來的。

時間跟小計他們四個人的時間不太一樣，安德是在第三學期結束左右，也就是大概一個月前。

還有，為什麼一個人在外面遊蕩了三個禮拜。

然後，才在大概一個禮拜前開始寄宿在川熊老師家，迎來新學期的到來。

成為人類後卻沒有馬上跟我們會合的理由，似乎是「**有無論如何都想要做的事情**」……

問的時候，總覺得對安德產生了其他的疑惑。

還有一件事，就是他對自己的壽命剩下多少的數字並不是很清楚，所以並不是「壽命＝我的考試分數」這件事本身，算是一件讓我安心的資訊……

「——該在意的，是有那個『**規則**』吧。」

小計說完，小理接著說道：

「是指安德『在圓圓面前只能說英語』這件事吧。但是明明在圓圓不在場或是圓圓沒聽到的狀態下講悄悄話，就可以用平常的日語交談。」

「啊啊，也就是說，我們四個人並沒有被制約囉。安德在這個時間點誕生，然後還有這個特別的『規則』……感覺上一定有什麼**意義**。」

「意義？」

站在歪著頭感到不解的我身邊的小詞點了點頭：

「**就是那一頁吧。**」

我恍然大悟。

所謂的那一頁就是指，我偶然發現的那本，不可思議的書中的某一頁。

《物品寄宿生命　付喪神傳說》

雖然是寫著名為付喪神這樣的精靈相關的古書，但是這裡面卻有只有我才能看到的神祕頁面。

其他人看了這頁，只會覺得是空白頁面。

但是，我只能看到的也不是文字或記號，而是一大堆彎彎曲曲、模模糊糊的東西。

我們大家都認為這一頁一定寫了什麼「與學科男孩的壽命相關的重要訊息」，為了解讀出內容，做了各式各樣的努力……

而這樣也才剛能讀懂第一行的內容，其他內容則全部都還不清楚。

「……該不會……圓圓能夠解讀出那一行字，跟安德的誕生的時間是幾乎相同的，也就是說兩者之間可能有什麼關係吧。」

小理將手抵著下巴說道。

「跟快要消失的我們的身體恢復正常的時間，是相同的，這樣的重疊，我認為不是偶然的喔！」

「嗯～總之，**第二行字的關鍵是在安德身上**嗎？」

小歷緊皺眉頭，而小詞也露出一臉困惑的表情。

「也許是這樣……我也覺得有這個可能性……」

我緊張地聽著大家說的話。

「也、也就是說，如果我努力念英語，也許就能讀懂第二行字的意思嗎……？」

我緊握的雙手，握得更用力了。

接著，小歷看向我：

「這還不知道，也沒有確切的證據……但是，為了解讀這一頁，目前毫無頭緒的情況下，安德的存在的確是很大的希望。」

「……很大的，希望……」

我的胸口注入了光芒，深處忽然發熱了起來。

——找到了男孩們變成真正人類的方法了。

那是我最大的夢想、目標。

如果那個關鍵就在安德身上的話……

大家的目光看過去，到目前為止一直沉默地站在那裡的安德開口說道：

「……I have a dream.」

「他說：『我有一個夢想。』」

小歷馬上替大家翻譯。

安德接著繼續說道：

「If you make my dream come true, I'll tell the "secret" I know.」

「他說：『如果妳實現我的夢想，我就會說出我所知道的**祕密**喔。』」

在場的所有人都驚訝地倒吸一口氣。

祕密……不會吧……？

小計像用盡力氣般地點了點頭。

「安德比我們四個人還要晚誕生，或許非常有可能知道，我們所不知道的一些事情！」

5　什麼是「留學生派對」？

「那、那安德的夢想，是什麼？」

我不禁趨前問他。

像游泳池一樣多的布丁多那種夢想嗎？……啊，這是我的夢想啦！

因為安德是從英語課本誕生出來的……所以夢想是環遊世界嗎？

但是，環遊世界要花多少時間呀？

還有，要搭什麼去各個地方？飛機？船？熱氣球……？

就在我胡思亂想的時候，安德看著我說道：

「That is a party that I want to go to with you.」

聽到這些話後，負責翻譯的小歷稍微驚訝地揚起眉毛。

「嗯……『想和妳一起參加派對』之類的，大概就是想跟小圓一起的意思吧。」

「欸？**派對？**」

這個意料之外的回答，讓我嚇了一大跳。

派對，就是那個「派對」的意思吧？

這個和學科男孩的祕密有什麼關係啊……？

對於一臉困惑的我們，安德繼續說道：

「An international students exchange party. It will be held in about two weeks.」

「他說：『有一場留學生派對會在二個禮拜以後舉行。』哇！感覺很有趣耶！」

小歷一臉興奮地翻譯。

「重點應該是，聚集在日本的留學生和他們的朋友，彼此相互交流的派對吧。」

「**留學生聚集在一起的派對？**哇！居然有這種活動。」

我們原本說的派對，只是去年冬天大家在家舉辦的耶誕派對的意思。

大家一起吃東西、蛋糕和玩遊戲，大家熱熱鬧鬧地聊天那種派對。

那次的派對**真的好好玩喔！**

回想起來就讓人覺得好興奮，**「好！」**我大聲地點頭回應。

「如果只是一起去參加派對就會告訴我祕密的話，我一定會參加喔！不過，那場派對，大家也都能參加嗎？」

「Yes.」安德一邊回答，一邊用英語告訴小歷。

「喔喔！……『安德說受邀請的人也會帶許多他們的朋友一起參加，所以沒問題。』」

「原來如此，這樣好方便呢。」

小計看著大家說道：

「參加派對就會告訴我們祕密這個條件，或許也代表著派對本身也是某種關鍵吧，不只是小圓，我們也應該要去。」

「哇～！要參加派對！」

小理開心地高舉說手呼喊萬歲。

「好棒，對吧。圓圓。」

「嗯！大家一起參加吧。」

大家一起去參加派對肯定很有趣的。

而且搞不好還可以吃到各式各樣的點心呢！

嗯～！精神一整個都來了呢！

「留學生聚集的派對，多半都會有哪些人參加呢？」

「感覺會很好玩呢！可以跟各國學生說話，平常是不可能有這種機會的。」

「小歷，你覺得我們是不是也要來讀英語了呢？」

「嗯，如果要跟各國的人們交流的話，還是有會話能力比較方便呢，當然會講自己國家的語言是一回事，但學習英語的人還是很多啊。」

大家你一言我一語地說著，安德也跟著說道：

「It is a formal party. So we have to go in couple.」

「什麼？他說：『這是正式的派對，所以要兩人一組成對參加才行。』也就是說，是像**舞會**那樣的活動。」

聽完小歷的翻譯，我歪著頭說：

「……果匯？」

欸？是什麼酸酸甜甜的水果大拼盤嗎？

「啊哈哈，不是果匯，是舞會啦！是一種西方的正式『舞蹈聚會』，在美國或是加拿大的高中，在學年末都會舉辦這種舞蹈聚會喔。」

「舞蹈聚會!?高中生嗎？」

「舞會我也略知一二喔。」

小詞接著說：

「舞會時男孩的確有穿著燕尾服或西裝，女孩要穿著洋裝參加，是非常正式華麗的派對喔！」

「對對！在電影上也經常看到吧。如果不是配對一起就無法參加，所以沒有另一半的人多半都會鼓起勇氣邀請喜歡的人，找不到伴的人是很辛苦的，也就是說，愛情是很重要的一部分。」

「愛、愛情是很重要的一部分!?」

好厲害！感覺好浪漫啊！

的確啊，高中生就已經是大人了，跳舞的派對，也許要有點樣子……。我光想像就有點心跳加速，是有點閃閃發亮的派對呢。

「小圓！」

突然，安德一下子單腳跪了下來。

挺直著身體。

把手放在胸前，直視著我。

（欸……？）

我嚇了一跳，然後有點著迷地看著他。

因為今天的安德，就好像電影裡可以看到的那種外國王子……不對，應該說是像守護著公主的什麼英雄……!?

「Would you go to the party with me?」

安德說了什麼。

什、什麼，派對……，謎？

我轉頭求助，小歷苦笑著，鼓著臉頰，有點不開心地說：

「嗯……這，由我來說，我個人是覺得有點奇怪啦……」

「他說：『妳願意跟我一起去參加派對嗎？』」

欸……**欸欸欸欸欸欸欸!?**

「這、這樣，總之，**也就是說我要跟安德配對一起參加派對嗎……!?**」

我很驚訝地認真看著安德。

那是下定了強烈的決心，認真的表情。

我盯著他那雙認真的眼睛，心跳噗嗵噗嗵地加速。

（我、我和安德，要配對一起……？）

怎、怎麼辦？雖然說只是在派對期間，但是之後還是會跟安德再碰面，我完全不知道該怎麼辦才好……

看著我一臉困惑地維持著同一個姿勢，安德再次開口說道：

「YES or NO？」

清澈的聲音問我。

現在他說的話，即使不用翻譯我也聽得懂。

「願意」或是「不願意」。

我的答案事……

「……願、**願意！我願意跟你一起參加派對！OK！**」

我點了點頭用英語，大聲地回答。

因為，我好想知道男孩們的祕密！

看著我一口氣回答的安德，也稍微有些驚訝地眨了眨眼睛。

「Thanks.」

我第一次，看到安德露出淺淺的笑容。

6 派對舞會講座！

隔天早上，一到了學校，我跟走廊上一臉興奮的女孩們擦肩而過。

「英語同學真不得了！今天也非常帥！」

「他在自然教室替沙也加開門，好好喔～！」

「安德粉增加超～多的！這個月『男朋友排行榜』感覺上會是一場廝殺耶！」

女孩們一邊興奮地討論，一邊走了過去。

（安德，的確是很帥呢……）

那麼帥氣的男孩，原本是我的課本，這件事就連我現在也還是無法相信呀。

我緊張兮兮地站在教室的門前。

昨天讓人吃驚的事情太多了……我想了一整個晚上，決定了。

我要跟安德變得更要好才行。

也就是說，**為了這件事，我要好好學英語。**

因為安德本來就是我的課本，而且在派對上我也要跟他一起出席。

我要跟他多說話，知道**更多安德的事情**。

而且，昨天問他許多事情的時候，安德也說了：「我不但聽得懂日語的意思，也能用英語很完整地回答，真是太棒了。」

所以，我希望可以努力盡快用英語跟安德對話。

（好——！）

我下定決心進入教室，左看右看地找著他的身影。

（嗯……啊！在那裡。）

安德一個人站在窗邊，看著窗外。

他那像珠子般圓圓的天藍色眼睛，被太陽光照射下顯得閃閃發光。

總覺得要靠近他說點什麼，卻又有點難以啟齒的那種氣氛，可是……

（首、首先，還是先打招呼吧……那個……）

我鼓起勇氣走向前。

「**Good morning. Ent.**」

安德低頭看著我：

「Good morning. Madoka.」

他冷靜又優雅地回答道。

他嘴巴微微地笑著。

（哇、哇……！）

一下子，高興的心情在心裡爆了開來。

我用英語打招呼耶！我做到了唷！

（那，說早安之後要說……）

我偷看著昨天晚上急急忙忙做的小抄。

「How are you today?（你好嗎？）」

「I'm fine. And you?（很好喔。妳呢？）」

「You、You—？欸？我嗎？欸，Very good! Happy! Thank you!」

「That's nice.」

安德忽然間，瞇起雙眼。

溫柔的氣氛讓心裡輕飄飄又很溫暖。

（好、好厲害好厲害，我們一來一往說了三次話。）

雖然每一句都是英語課時教過的普通招呼用語，但即使是這樣……可以在日常生活中使用，也讓我好感動喔。

（那……那……）

才在想我接下來還要再說點什麼，但很遺憾，我的小抄已經沒句子了。

從我的大腦裡再怎麼擠，也擠不出更多的英語了。
安德也什麼都沒說，彼此之間陷入一種尷尬的沉默裡。
「那……那個、那個，下次見。Bye Bye.」
我一下子像是逃跑般地，回到自己的座位上。
哇～，好緊張喔！
我雙手放在胸前，順勢坐到位置上。
其實真的想要多講一點話，但是現在已經是極限了。
（……這已經跨出**一大步**了吧。）
我一邊整理座位，一邊偷偷看著他的側臉。
安德心裡都在想些什麼呢？
他喜歡什麼？討厭什麼？
如果我可以知道……更多更多他的事情就好了啊！

放學後。

我們八個人，在我家的客廳集合。

所謂的八個人就是我和四個學科男孩、安德，還有**小優**和**和佐**。

因為小歷找了小優、小理找了和佐一起參加派對。

「大家可以一起去派對，真的好棒啊！」

「是呀！自然同學找我的時候，我也是高興得快要飛起來了呢。而且這是國際交流派對，我非常感興趣喔！」

和佐一臉開心地說著。

旁邊的小優則是有點害羞地點了點頭：

「是、是呀。一定，可以得到很寶貴的經驗的，國際交流這件事……」

「嗯嗯！這麼說來，小理和和佐、小歷和小優真的是很登對呢！」

身高也感覺完全相配。

我和安德感覺起來就有點不太配啊。

這三個高個子的人之中，小優的旁邊突然冒出小歷的臉。

「哇～，能跟這麼可愛的女孩們一起參加派對，真的好幸運喔～♪，謝謝妳願意當我的舞伴，請多多指教喔！小優。」

小歷爽朗地微微一笑。

小優嚇得跳了起來，一下子躲到我的身後。

「我、我我我、我其實是為了學習才來參加的……」

小優說著反話，碎碎唸地說道。

算了，反正那個小歷的笑容近看也是閃閃發亮呢，而被閃亮著的小優也很可愛呀～我一邊這麼想，一邊看著他們兩個，忽然跟小詞對上眼。

「啊……這麼說來，」

小詞一臉寂寞的微笑，讓我的內心不禁有點難過。

（小詞想找的人……是誰呢？）

如果被小詞邀請的話，我想無論是誰都會覺得高興的吧，如果拒絕的話，肯定是有什麼很重要的事情吧……？

「小計好像也還沒有決定人選呢。」

「欸？」

小詞這麼一說，我看向人在客廳角落的小計。

小計並不在大家圍著的圈圈裡，而是一如往常毫無表情地嘩啦嘩啦地翻著筆記本。

（小計又會找什麼樣的女孩呢？）

「我們也必須去派對。」因為當時他這樣說，所以我以為他會找人跟他一起去……

沒關係嗎？在學校，好像也幾乎看不到其他女孩跟小計說過話。

雖然在女孩之間很受歡迎，但是小計何時何地都是那個樣子，看起來似乎很難親近。

如果可以再親切一點就好了呀……

（……是說。那也不是我該擔心的事情就是了……）

「大家注意！」就在我東想西想的同時，小歷突然說道：

「聽我說，為了能順利跟安德對話，我認為要來使用**聲音翻譯機**。」

「森林翻衣機？」

我歪著頭一陣疑惑，小優告訴我：

「的確有那種對著機器說話，就能把話翻譯成指定的語言並且發出聲音來的機器。也可以使用智慧型手機的ＡＰＰ裡面類似的功能喔。」

「哇～！居然有這麼方便的機器呀！」

「嗯。安德雖然能夠說日文，但還是請他說英語，就能使用聲音翻譯機即時翻譯，這樣也可以練習英語喔。」

一邊這樣說，小歷一邊看著我。

……啊，對喔。

安德在我面前只能用英語說話，這在平常都跟安德使用日語對話的小優和和佐看來，實在是有點奇怪呢。

小歷事先提出「為了學習英語」這樣說法也幫了我一個大忙，這樣我也可以放心地使用了。

其實，也真的可以用來學習英語。

我一方面感謝小歷的心意，一方面也提出疑問。

「但是這台翻譯機在哪裡賣呢？感覺應該很貴吧……」

「啊啊，沒問題的。如果跟小梅奶奶說安德的狀況，她應該會借我們的。」

「欸？奶奶？她有這種翻譯機？」

我驚訝地看向廚房，奶奶笑瞇瞇地比了一個YA。

這麼說來，奶奶的確很喜歡在電視購物買新奇的東西。

二樓的儲藏室塞了滿滿的沒在使用的按摩器、平衡球之類的用品。

小歷馬上就找出聲音翻譯機來使用。

機體本身是袖珍型的，大小就像是智慧型手機那樣的設計。

「我們現在就來用用看囉。欸～……**你喜歡吃什麼？**」

小歷對著翻譯機說道。

接下來，隔了數秒鐘……

「What is your favorite food?」

翻譯機翻譯出流利的英語了！

「喔喔！」

大家都看向安德，安德也對著翻譯機出聲說道：

「I like popcorn and ramen.」

『我喜歡吃爆米花和拉麵。』

這次則是翻譯出流利的日語。

「哇～！」

大家感動地互相點著頭。

這台翻譯機，實在太厲害了！

即使是不一樣的語言也能在幾乎沒有時間差的情況下，知道對方說的話。

只要有這個，就能跟安德更熟悉了。

我在感動之餘，小歷繼續補充這台機器的功用：

「這台翻譯機是非常高性能的喔，事先登錄的話，還可以有ＡＩ學習的功能，還能模擬使用者的聲音和對話者的聲音，舉例來說……」

I'm very popular with girls!

『我非常受女孩們的歡迎！』

從翻譯機裡發出的聲音也變成說話的人的聲音了。

跟剛剛的機械式發音，完全不一樣耶！

「來吧，安德也來登錄吧，從這個設定按鈕……」

在測試過翻譯機的機能後，終於進入今天的主題了。

「接下來，按照安德說的，這次參加的派對似乎是**舞蹈派對**，參加的我們多少都要會跳一些舞。」

「欸？舞蹈？」

驚訝之下，我和小優、和佐看著彼此。

雖然體育課每年都會有幾次跳舞的時間，但是我其實並不擅長呢……

正覺得不安時，小計則是板著一張臉站在一旁。

「小歷，不要騙人。安德沒有說一定要強制跳舞吧。」

「等、等一下，小計。不要說多餘的話啦！跳舞是牽女孩的手和靠近她們的絕佳機會對吧!?

真是的，自己不會跳……」

「吵、吵死人了！……反正，不會跳舞之類的，生活上也不會有什麼困擾啊。」

「這樣很困擾耶！因為派對那天也可能會跟小圓一起跳舞吧？」

碎碎唸的小計，如此跟小歷抱怨道。

「跳舞並不一定非要是跟配對參加的人跳，也可以邀請其他人或是接受其他人的邀請，大家都能開心地相互交流，好好享受當下的氣氛喔。總之，如果跳得夠好，就有機會跟全場的美女們跳舞呢——」

「嗯嗯，咳咳！」

對於小歷一臉興奮地說話，小優清清喉嚨，咳嗽打斷他：

「……你說的我懂了。你的動機就是儘可能地跟各式各樣的人們交流的意思，所以多少會跳一些舞也是好的。」

「嗯，是的。而且學習國外的舞蹈多少也是一種文化的學習！」

小優和和佐也都點頭附和著。

小歷則是終於像是放下大石頭般地對著她們兩個人笑：

「不用擔心，沒關係的，淑女們。我會盡我所能帶領妳們跳舞的。♪」

小歷露出開朗又帥氣的笑容。

小優整個人耳朵都紅了，又再次清了清喉嚨。

「那麼，可以請安德**示範**一次給我們看嗎？」

小理對著安德如此說道。

「舞蹈也有許多種類，在練習之前，先讓我們看一次正確的舞蹈，我想應該可以更快進入狀況。」

「原來如此，這就叫作『百聞不如一見』。」

小詞跟著點了點頭，安德回答「OK」之後，就在大家面前踏出舞步。

哇，安德會跳舞呢……！

「問題在舞伴。」

小歷雙手抱胸。

「說到舞會的曲目，主要還是華爾滋吧？我是會跳……我記得小詞也會跳吧？」

一邊說，小歷一邊看向小詞。

大家也自然而然地將注意力放在小詞身上。

「你們看，我跟安德的身高其實差不多……」

小詞手抵著下巴，一臉尷尬地說。

接著，經過短暫的沉默後……

「……我看是沒辦法避免了，我來吧！」

按照自己說的，小詞朝安德身邊靠了過去。

接著，小歷開始向大家說明：

「在派對跳舞時，會有**基本的姿勢**和**固定的動作**，安德是男性的角色，小詞是女性的角色，請大家注意看喔。」

安德和小詞面對面，一隻手相互牽起。

小詞空下來的那隻手搭著安德的肩膀，安德則是把空著的手扶著小詞的背。

喔喔！這好像是電影裡王子和公主跳舞的場景喔！

「那麼，我要播放歌曲囉～」

小歷播放起預先設定好的優雅古典音樂。

兩個人也開始優雅地踏著舞步。

前、右、後、左……完美配合著呼吸跳舞著。

中途還有放開手，兩個人身體分開，快速轉一圈再回到原地……

「哇……」

我不知不覺驚呼了一聲。

好優雅、順暢的舞蹈。

總覺得，這看起來就像是兩個人沉浸在另外一個世界一樣……！

「好厲害！安德和小詞太棒了。」

「真的呢。真的嘆為觀止！」

跟著驚呼的是小理和和佐，我也拚命地點著頭。

就像他們兩個人說的，**真的太棒了呢！**

特別是安德，雖然是代表男孩這邊的角色，但是看起來總是優雅大方。

（哇……安德，真的是非常，完美的人呀……）

又酷又帥，無論日語或英語都難不倒他

的雙聲道。

行為舉止也很紳士，現在就連舞都跳得那麼好……感覺起來幾乎沒有缺點或不擅長的事情嘛？

對於我這種普通到不行的女孩來說，簡直是**超級遙遠的存在呀……**。

我一面恍惚地想著，一邊隨著跳著舞的安德和小詞的身影移動視線。

「……？」

我忽然瞥見小計的側臉。

他緊皺著的眉頭盯著的是，那兩個人的……**看起來是，在看安德？**

（……嗯，但是，小計平常就一直是這個樣子……）

雖然稍微有點介意，但是我的目光又再次回到安德和小詞華麗的舞蹈上了。

7 謎團進一步加深的對話

（今天能夠讀出來的最新部分是，「沒有」……）

早上，我在教室裡輕輕嘆了一口氣，闔上古書。

《物品寄宿生命　付喪神傳說》

我盯著書封發呆。

只有我能看到的那個神祕頁面，我就這樣每天早上到學校都會確認一下內容，但是……果然，能夠辨識出文字的部分，還是只有第一行。

其他部分一點改變也沒有。

最近也因為開始慢慢練習英語，無論是說還是聽，我本來期待著會有一點變化的呀。

果然還是只能等安德告訴我們，他所知道的「祕密」是什麼……

「——欸，妳們知道嗎？英語同學的傳聞。」

我忽然聽到班上的女孩們的聊天聲。

「啊，總是在早上很早的時間就在街上閒逛的事情嗎？」

欸？早上很早的時間就在街上閒逛？安德嗎？

真的嗎……？因為很在意，我不禁豎起耳朵聽。

「聽說是為了鍛鍊才跑步的，不是嗎？」

「才不像是在跑步那麼簡單呢，根據**目擊情報**表示，有人看到他站在河邊，凝視著河川好幾個小時，或者是爬校門進學校之類的……」

爬校門進學校之類的……？

從一直酷酷地看著窗外的安德身影上，我實在無法想像……

就在我一臉疑問的時候，大家又繼續八卦：

「但是英語同學保持神祕感這部分真的很不錯呢，妳們看，他的時尚品味，已經默默成為校園話題了呢！」

「啊啊，妳們看他穿著室內鞋外出，或是襪子左右的花色不一樣，上衣正反兩面反穿之類的，對吧？」

「對呀對呀！有一部分追著流行跑的男孩，也已經開始模仿了呢。」

「啊哈哈，那個只有英語同學這樣穿才能有品味呢～他們不懂啦！」

女孩們一邊呵呵笑，一邊約著一起往廁所走去。

我把書放在桌上，一邊思考著。

（嗯～那些傳聞中，安德不可思議的行為，是不是有什麼意義呀？）

搞不好，這個跟他所知道的「學科男孩的祕密」有關係……？

「……Good morning. Madoka.」

「哇！」

忽然本人從我身後出現，讓我嚇了一大跳。

「G、G、Good morning.」

我口齒不清地回覆安德，安德則是一臉不知道發生什麼事的表情，走到自己的座位上。

現、現在，他應該會覺得我很奇怪吧……？

我的心噗通噗通地不停狂跳著，並且盯著他的背影。

（不知道為什麼，總覺得，面對安德，總讓我有種奇怪的緊張感……）

是因為昨天看了他完美的舞蹈嗎？

還是聽到剛剛奇怪的傳言呢？

明明希望可以跟安德變的更熟悉，但是現在感覺起來，卻完全不知道該怎麼做才好呢……

那一天，第一堂課是英語課。

「嗯～首先，我們先來玩練習詢問彼此喜愛的事物的遊戲！大家先翻開課本的第八頁。」

老師一邊在黑板寫字，一邊說明：

「問的那方用『What OO do you like?』『**你喜歡的〇〇是什麼？**』，回答的人說『I like XX.』」『**我喜歡 XX。**』，〇〇的部分可以是『**顏色**』或是『**食物**』等自己喜好的單字。一開始別忘了先打招呼，並且稱呼對方的姓名喔。」

說明完畢後，大家開始站起來嘰嘰喳喳地跟附近的同學用英語對話。

在這之中，我也私下隱藏著自己的期待。

（我要努力練習英語，才能跟安德聊更多天……！）

早上超不自然地打招呼，現在或許可以學到新的表現方式也不一定！

會話分組的同伴如果練習完，就要再換另外一個同學。

我和小優同一組，接著是和和佐同一組……

接著，接著和幾個人同組練習後——小詞突然出現在我面前。

「啊。接下來，請多多指教囉，小圓。」

哇，接下來的練習對象是小詞。

「嗯、嗯！請多多指教，小詞！」

是嗎？因為是同班，所以我們也有機會這樣湊對練習功課。

總覺得很新鮮，稍微有點心跳加速呢。

「那麼，我要問囉，那……個，Hi, Kanji」

首先要先稱呼對方，並且打招呼。

「W、What food do you like?」

小詞也用英語回答我的英語提問：

「I like miso soup and bread.」

「不雷特？」

不雷，特？

這……「miso soup」應該是講味噌做的湯，也就是味噌湯。

但是……「不雷特」這種食物，我沒聽過耶。

看著我歪著頭，小詞微笑著跟我解釋：

「在英語裡，麵包的英語就是唸作『bread』喔！」

「欸？是嗎！……那，麵包是什麼語？」

「在日本我們熟知的『麵包』[註]，據說是由葡萄牙語而來，而英語的『pan』主要是從平底鍋的英語『frying pan』這個字來的。」

「喔～」

我不禁想，那如果有人對安德說，我「I like pan.」的話，他會不會覺得那個是喜歡平底鍋的怪人啊。

真是有趣啊，就在我一邊點頭想著的時候，小詞舉手說道：「那輪到我囉。」

「──Hi, Madoka.」

噗通！

（他叫我了……!?）

我嚇了一跳，所以整個人定住不動。

因為，小詞是第一次那麼正式叫我嘛！

當然，因為有「現在是英語課，所以要彼此叫對方的名字」的規則，雖然是知道這個狀況啦……！

看著心跳加速的我的臉，小詞一如往常地溫柔笑著問：

「小圓，What food do you like?」

「F、Food？啊，Food呀！欸，Food、Food……」

Food就是吃的東西，所以是我喜歡吃的東西……

「……啊！I like pudding——！」

啊，果然用力過度，很大聲說出來了。

看到我忽然在上課中大叫「布丁」，旁邊的同學們都哈哈大笑起來。

註：日本的麵包唸作「パン」（pan），也是日治時期融入台灣文化裡，台語麵包發音的由來。

Let's ask them what they like！
（問問他們喜歡什麼！）
You want to know what they like, right?（你想知道他們喜歡什麼吧？）
問題內容
Food（食物）／color（顏色）／place in school 學校裡喜歡的場所
小計
Japanese fried chickren（日式炸雞）
Blue（藍色）
My seat in the classroom.（教室裡我自己的位置）
小詞
Honey（蜂蜜）
White（白色）
Library（圖書館）
小理
Japan rokked omelet（玉子燒）
Green（綠色）
Dlowerbed（花圃）
小歷
Dumplings made from rice flour（糯米糰）
orange（橘色）
Corridor（走廊）

(哇~真的太丟臉了啦……!)

我紅著臉降低了音量,川熊老師接著走了過來。

「喔~!很有精神喔!花丸。布丁就是pudding,說『不定』就是布丁。**啊哈哈!**」

老師自顧自地說了個無聊的諧音冷笑話,我不禁打了個**冷顫**。

「啊,老師,這諧音笑話有點冷……」

「噗嗤!」

嗯?

我在想是誰發出噴笑的聲音。

為什麼會笑?川熊老師的大叔諧音冷笑話,在教室裡都沒什麼人捧場,大家總是沒什麼反應。

我忍不住看向教室周遭,其他同學也覺得不可思議地低頭嘰嘰喳喳起來。

(**誤會了嗎?**)

搞不好不是笑聲,而是像是咳嗽或是打噴嚏的聲音吧?

結果，一直到上課結束，我都沒有找到聲音的來源。

噹噹噹噹 噹噹噹噹

下課時間，我正在整理課本，

「喂——花丸同學，請過來一下。」

老師走到走廊，叫我出去。

怎麼了？該不會是我對他的大叔諧音冷笑話說「很冷」，在生氣吧。

我提心吊膽地前往走廊，老師一臉有口難言地說道：

「花丸同學，妳有聽安德說過什麼事情嗎……」

安德？

我回頭看了看教室。

安德在自己的座位上撐著臉頰，看著窗外發呆。

「安德怎麼了嗎？」

「啊，那個……安德同學，有沒有提過我的情況嗎？」

「欸??」

老師的情況？

「他的各方面都很棒，無論是運動還是讀書，也會幫忙我準備英語課的上課教材，真的幫了我很大的忙……但是我發現他好像不太喜歡我啊。」

「欸？對老師嗎？」

「嗯……是他對我老婆和兒子的態度，和對我的態度，不知道為什麼好像有點不太一樣，像是有一道牆壁一樣，如果是誤會的話，那就無所謂……」

安德不喜歡老師……**我覺得這種情況應該是不可能發生的。**

老師應該只是不知道安德在想些什麼，當然說絕對沒有討厭老師這件事我也沒把握……

「妳看，他跟妳們很友好吧，安德在昨天放學後好像也去花丸同學家了，所以我才想乾脆問花丸同學有沒有聽說我的事情？」

「沒有耶……但是因為我的英語真的**很差**，所以也不太能聽得懂……」

「嗯？跟英語沒有關係吧，安德同學會說日語呀。」

老師一臉狐疑地說著。

「講得非常流利，發音也非常漂亮呢，聽說是自學的，這點真的讓人很佩服呀！真的很厲害。」

「啊……的、的確，啊哈哈。」

我尷尬地跟著陪笑。

對吼，安德「只有對我才無法說日語」，所以這點即使告訴別人，也不會有人相信的。

我後來告訴老師「如果我有聽說什麼，就會告訴老師」，就回到教室了。

（安德也許不喜歡老師……？嗯——真的越來越可疑了呢……）

今天早上聽到，他每天早上都會在街上閒逛的傳聞，真讓人在意……

看著教室的一角，安德一樣獨自望著窗外。

「……」

雖然有點想要過去找他聊天，但我最後還是回到自己的座位。

心裡總覺得有點混亂，我不禁嘆了一口氣。

我心想明明這些疑惑，必須自己直接詢問安德……但是就是，提不起**勇氣**啊。

安德真的太完美了，反而讓人覺得不好親近，而且「即使能夠說日語，但還是要用英語回答我」這點，可能也讓我覺得有點害怕。

再怎麼努力，我的英語實力也**無法理解**安德說的話。

無法理解這件事實在對安德很抱歉，也覺得會話這件事變得越來越可怕了。

學校禁止帶智慧型手機，所以也沒辦法用翻譯機呀……

（和語言不通的人做朋友，真的不是件簡單的事呀……）

我再次嘆了一口氣。

放學後，我馬上收拾書包，從座位上站了起來。

「好了……小優、和佐！等會兒見囉。」

「好的，跟之前一樣的時間見囉。」

「小圓，等一下見。」

「嗯！」

我對她們兩個人揮揮手，就走到走廊。

今天也是預定要到我家集合，練習跳舞的日子。

只是，其他的時間還是要照之前的規劃，複習國數社自四科的功課，所以下課也是不得閒呢。

如果沒有照預定規劃的行程走，小計肯定要碎碎唸了。

（……這麼說來，小計在新班級不知道是不是待得順利？）

因為不在同一班，我們見面的時間減少了，詳細的情況並不太清楚，但是如果還是照他之前的老樣子的話，總覺得會跟班上同學又吵架之類的……

（啊！**完蛋了！**）

我在下樓梯的時候忽然想起來，於是停住了腳步。

付喪神的那本書，我還放在抽屜！

不行不行，怎麼可以忘記那麼重要的東西……！

我馬上回到教室。

「啊！」

我再次停住腳步。

（那邊的是……安德和**小計**……？）

我在走廊上看到兩個人正在說話。

小計一臉嚴肅。安德則是……背對著我，所以看不到他的表情。

該不會吵架了吧？

這麼說來，之前安德示範跳舞的時候，小計也是用很可怕的眼神看著安德呢……

我有點緊張地靠近兩個人。

「可以嗎？**一定不能告訴小圓喔！**」

「欸？我？」

聽到自己的名字，我不禁發出聲。

兩個人都一臉驚訝地看向我。

「那、那個……在聊什麼呢？今天放學後的事情嗎？」

聽到我的問題，一臉困擾的安德避開了眼神。

小計則是……

「……沒事，跟妳沒關係啦！」

他則是臉色一沉轉移話題後，離開現場。

……什、什麼嘛！說什麼「跟妳沒關係啦！」**真的，感覺很差耶！**

我氣呼呼地，看向安德。

「沒問題吧？小計不會是跟你講什麼不中聽的話吧？」

安德慢慢低下頭，然後把手放到後腦勺說道：

「Uh……No problem.（嗯……沒事喔。）」

「**諾……不拉輪**？欸？」

現在，他說的是什麼？什麼意思？

因為想要理解安德說的話，我用力地搖著頭。

「欸～什麼……啊！w、word？……word說，you，現在，說什麼？」

不對不對，**「現在說什麼？」不是英語啦！**

雖然用日語跟安德溝通，他也聽得懂，但是我也很想順暢地用英語問他問題呀。

如果我能說英語的話，一定可以變成好朋友的……！

「嗯……等我一下喔。我……I……I、I……」

「Well……Umm……Sorry, I have to go.（嗯……那個……不好意思，我必須走了。）」

「啊，安德！」

本來想要多問一些的，但是安德也就這樣逃走似的離開教室。

兩個人我都沒辦法追上，我就獨自站在原地。

（沒有辦法對話……就什麼都沒辦法知道啊……）

無論是安德在想什麼，或是小計在想什麼……

我真的已經，什麼都不知道了啦！

8 第一次兩個人獨處

星期日的中午過後。

叮咚　叮咚

家裡的門鈴跟平時一樣響起。

「哎呀哎呀！你好啊，安德。Welcome come to my home! Come in!」

奶奶連忙招呼著安德進到客廳。

……奶奶，為什麼英文講得那麼流利呀？

今天也是大家聚在一起，針對派對的舞蹈練習。

小優和和佐因為另外有事沒辦法過來，所以現在人算是到齊了。

「Hi, everyone.」

安德一跟大家打招呼後，翻譯機就把意思翻譯出來了。
總覺得好像有點不一樣，好像有稍微清清喉嚨的聲音。
不知道為什麼，真的好像跟平常有點不一樣……？
「……It's about time for prepare a formal wear for the party.」
『……那麼，我們今天要來講的是派對要穿的正式服裝的部分。』
「啊～！」聽完安德說的話，小歷拍了拍膝蓋。
「對吼。這次的派對有 dress code 喔！」
「嗯——，dress 嗎……？」
我很難想像自己穿著正式服裝的樣子，稍微有點擔心呢。
因為以前沒有穿過正式服裝，所以也不知道適不適合我。
而且，價格應該也不便宜吧……
「對了！小梅奶奶說正式服裝可以在服裝出租店租到喔，我們男孩的西裝也可以在出租店找到。」

小理回頭望向奶奶。

然後奶奶喜孜孜地點了點頭說：

「呵呵呵，我很期待看大家穿正式服裝呢。錢的部分奶奶來負責，不用擔心喔。小圓也在店裡盡情挑選可愛的服裝吧。」

「謝……謝謝，奶奶。」

「沒問題的！小圓絕對很適合穿正式服裝喔！」

有奶奶在背後支持我，我也變得更有幹勁了。

希望能夠找到適合我而且又可愛的服裝呀。

穿上正式服裝後，跟安德的不搭配感應該也會稍微減少一點吧……！

「圓圓，選服裝的那天，我也好想要一起去呀！」

小理一臉期盼地瞪大眼睛看著我。

這時候，小歷也立刻舉手：

「我也是我也是！我對自己的時尚品味非常有信心！」

「那麼，也請讓我跟著你們一起去。」

「哇～好棒喔，可以請大家幫我看看，我就更有信心了呢！」

我一面興奮地回答，一邊對安德說：

「安德，那麼你要不要**跟我們大家一起**去？」

接著，

「……Sorry,」

安德輕輕地搖了搖頭。

「But I want to go just with Madoka today.」

『很抱歉，我想今天跟小圓兩個人一起去。』

「欸？」

兩、兩個人!?

兩個人都還沒熟悉，就要一起出門，真讓人擔心啊。

即使有翻譯機，我還是，完全還不能理解安德說話的內容呢……

就在我緊張地低下頭的時候，小詞忽然出聲說道：

「如果小圓覺得擔心的話，我認為不用勉強自己喔！後天找成島同學和近藤同學一起去如何呢？」

「小優和和佐……嗎？」

的確跟她們兩個一起去會比較輕鬆，但是……

我偷偷看向旁邊，安德表情完全沒有改變地看著我。

（雖然，不安……但是，我覺得這一定是個機會吧……？）

兩個人獨處的話，也許會一口氣拉近彼此的距離。

一方面也可以利用翻譯機溝通，而且我覺得安德也希望跟我更熟悉，才會提出這樣的邀請吧……

……嗯！

「我、我也想試著跟安德一起去！」

想清楚之後，我把想法表達出來，很意外地，小歷也表示贊成：「也許這樣也不錯呢。」

「安德的願望不只是參加派對，還有要好好享受派對，這樣想一想，如果跟身為邀約同伴的小圓當天彼此尷尬地參加派對的話，應該也不太好。」

嗯，的確。

如果就這樣參加派對，當天一定也沒有辦法打從心裡好好享受吧。

「如何呢？大家的意見？」

小歷提出自己的想法後，在此之前一直沉默不語的小計開口說道：

「……如果是為了知道『祕密』而必要的萬全準備，我覺得應該有必要這麼做吧。」

小計嚴肅地繼續說道：

「首先要考慮的應該是要實現安德的夢想：參加派對，接著是提升小圓的英語能力……兩個人一起出門，對於這兩點都有加分吧，所以我認為沒有反對的理由。」

聽了這些話，男孩們也都贊成地點了點頭。

「……Is it all right?」

『……可以嗎？』

安德有點不安地再次看著我的臉。

我提起勇氣，直視著安德的眼睛立刻回答他：

「……嗯！走吧。我們兩個一起去。」

『去完服裝出租店，我想去一趟點心店，可以嗎？』

往車站的路上，安德說道。

幸虧有翻譯機，我馬上就知道他說話的意思，真是謝天謝地。

「點心店？嗯，當然可以……安德要買些什麼呢？」

『啊，我想買些特產回家，想去有名的布丁店之類的……』

「布丁!?」

哇！想都沒想就大叫了出來。

看到一下子臉紅的我，安德微微地笑了出來。

『小圓真的很喜歡布丁呢！』

「欸……嗯、嗯！」

『……我，一直想找一天，近距離地看小圓吃布丁的樣子。』

噗通。

——**一直想找一天**。

從安德嘴中不經意地說出來的話，敲打著我的內心。

（是啊……安德是我的課本，總是被放在房間的一角，一直看著我……）

這麼一想，我不自覺地覺得開心又有點不好意思，居然沒有辦法好好跟他對話。

在電車裡，我們也幾乎沒有說話。

安德本來就是個文靜的人，這時候我才意識到現在是兩個人單獨出門的狀態，開始感到有點緊張。

……討厭啦，尷尬的原因應該不只是因為只有兩個人相處而已吧……

因為……

安德讓我坐在座位上，自己則是用手扶著階梯的把手！

我實在不習慣這樣的事情，所以不知道用什麼表情面對。

我才在想自己也不要覺得不好意思的而稍微往旁邊看了看，沒想到卻變得更緊張了啦。

而且光是站著的安德就可以感受到來自四面八方的視線了……

「——小圓。」

走在車站的月台時，安德忽然拿出了翻譯機。

「欸？怎麼了？」

「Maybe this machine ran out of battery.（這台翻譯機可能快沒電了。）」

『……』

嗯？

稍微過了幾秒鐘，翻譯機就聽不到聲音了。

我望向安德，他也稍微有點困擾地歪著頭。

「The battery diet.（沒電了。）」

「巴、巴特力？」

巴特力應該是指「電池」吧……？

啊，我倒吸了一口氣。

「該不會是，**沒電了**吧!?」

安德點了點頭。

（居然……）

怎麼辦！「反正至少還有翻譯機，那就沒有問題啦」，因為一直這樣想，所以才鼓起勇氣兩個人一起出門的。

「……」

「……」

兩個人之間，沉默著。

氣氛超級尷尬，我的眼神亂飄。

「那個……」

（嗯？）

我忽然看到安德上衣側面。

有一張白白的薄紙……是西裝的標籤嗎？

這就是大家說的衣服反著穿的意思嗎？

（是不是告訴他一下比較好呀？如果是不小心穿錯的話，還是講一聲比較好吧……）

我在腦中思考著之前聽到的傳言。

安德的襪子的花樣的確經常兩腳都不一樣，上衣也會反穿，然後大家說這是「時尚」……這是……所謂的**時尚**嗎？

……安德穿衣服的時候即使吊牌還掛著也很帥，但要說這是一種時尚，我實在是沒辦法判斷啦！

就在我東想西想的時候，忽然跟安德對上眼。

（啊……）

完蛋了，**偷偷摸摸地看他，被發現了嗎？**

安德一臉不知道發生什麼事的樣子。

我照心裡想的，小心翼翼地開口說：

「啊，那個，安德，**我在想你的上衣啊，是不是穿反了**，我只是忽然看到……」

我小心地看著他，輕聲說。

「……」

安德臉色毫無變化地一下子就把上衣脫了下來。

快速地把衣服翻面後再穿回去……一臉清爽又乾脆的樣子。

「……Ler's go.（走吧！）」

「欸？啊，好……。」

安德輕快地走著，我急急忙忙地追上去。

（……嗯??）

結果，才不是什麼時尚，那是為什麼？

9 我的英語會話能力

服裝出租店是在百貨公司的六樓。

陳列著各種顏色正式服裝的店裡，從外面看過去閃閃發亮，感覺起來好像進去逛的標準有點高呢。

我緊張著跟著安德一起進入店裡。

「歡迎光臨！」

立刻有一個戴著眼鏡的店員阿姨靠了過來。

「哎呀～好可愛的小女孩！妳要找什麼樣的衣服呢？是參加親戚的結婚典禮嗎？還是生日派對要穿的？」

阿姨一口氣快速地說完。

我稍微有點沒自信地回答：

「那、那個，我要找參加舞會穿的正式服裝……」

「哇～舞會嗎？好棒喔！和這位嗎？男朋友嗎？好棒呀！這就是青春呀！我年輕的時候啊……」

「**啊，那個……**」

超、超級熱情地交談著，但完全沒有用英語問啦……

就在我完全沒機會開口說話、一臉驚訝的同時，阿姨招了招手帶我們到店的最裡面。

「妳看，這件粉紅色洋裝應該很適合呢？哇～真的很適合！」

阿姨拿著洋裝在我身上比來比去著，粉紅色是很華麗的衣服。

裙襬還有許多蕾絲，胸前還繫著一個大大的蝴蝶結。

是很可愛……**但會不會太孩子氣了呢？**

感覺起來是小女孩在拍寫真照的時候會穿的衣服。

「你、你覺得如何呢……？」

這時候，安德維持一樣的酷酷表情，看著我和洋裝。

「I look good on you.（我覺得很適合妳喔！）」

「Good？」

Good 就是「不錯」的意思吧。

……**應該是不錯吧**。

安德都這樣說了，或許應該會意外地適合我吧……？

就在我盯著粉紅色洋裝看時，阿姨又推薦了我其他洋裝：

「這件如何呢？哇～妳也好適合穿白色洋裝喔～！像天使一樣！」

「啊、啊哈哈，謝謝妳……」

我又看了看安德。

「……Good.」

他又說不錯。

接下來的紅色、還有水藍色，安德全部都說「Good」。

（嗯……）

雖然我想參考安德的意見，但是他每一件都說「不錯」，反而讓我不知如何決定……

「……對了，安德，**喜歡什麼顏色？**」

我用日語詢問，忽然想起來。

這麼說來，**不久以前上英語課的時候，也有這樣的內容。**

嗯……**「顏色」**是**「Color」**……

「W、What color do you like?」

我想了一下，就用英語問他，安德驚訝地看著我。

他稍微想了一下後，用手抵著下巴說道：

「Uh……I like yellow.」

他用英語回答我**！**

太好了**！**我的英語看起來**可以跟他溝通**。

「Yellow……是嗎？安德喜歡黃色吧。」

即使沒有翻譯機也可以對話實在是太棒了，我心噗嗵噗嗵地跳著，並且尋找著黃色洋裝。

接著，我在掛著的成排衣服中，看到一件洋裝。

是一件淡黃色的洋裝，稍微有點大人風格的設計。

雖然也有蕾絲和珠子，但是看起來就是比其他件還要耀眼。

（就是這件……）

我直接伸手拿這件洋裝的時候，阿姨也不禁大叫：

「啊～這件好棒喔！不愧是會挑衣服的人，眼光真棒！快來試穿吧！」

「欸？試、試穿？」

我急忙地看了看安德，他靜靜地點了點頭。

（怎、怎麼辦？我完全沒想到要試穿！所以要試穿給安德看的意思嗎？這樣真的很……害羞!?）

「欸？**哇！**」

就在我猶豫不決的時候，就已經被帶進試衣間了。

（那個，袖子從這裡套過去……）

「Madoka.」

簾子外面，傳來安德的聲音。

我急急忙忙地回答。

「等、等一下！我、我還在換衣服！」

「Just a minute. I'll be back soon.（妳等我一下，我馬上回來。）」

「什、什麼？」

安德講得很快，我完全不知道是什麼意思。

我趕快把衣服旁邊繫好，從簾子的縫隙看向外面。

（……欸？）

我東張西望地找著，在店鋪的入口看到安德的身影。

嗯？他在跟誰說話呢？

對方光滑的臉上長出白色的鬍鬚，是一個看起來像是仙人的老爺爺。

雖然在這裡聽不到他們說些什麼，但是總是很酷的安德，罕見地露出精神奕奕的表情。

（那個人，是誰呢？）

外表看起來感覺像是劍道達人或是書法老師之類的人……？

我一邊覺得不可思議，一邊將頭縮回簾子哩，回頭一看，

那個瞬間——

（哇……！）

我盯著映照在鏡子裡、穿著洋裝的自己。

比想像中還要……還要棒！

洋裝很漂亮，而且就連我也看起來閃閃發亮。

超級有大人感覺的，我的心情好雀躍呀。

（這個時候如果安德對我說「Good」，我一定會超級高興的。）

雖然有點不好意思，但是我應該可以這樣穿著給他看看吧？

我又看向簾子的方向，這個時候，
「裡面的客人～！試穿得如何呢？」
外面傳來阿姨清晰的聲音。
「啊，好，我覺得很好看。」
「果然是這樣，尺寸都可以嗎？會不會太緊，還是太鬆呢？下襬的部分如何呢？」
還是一樣連珠炮地問著。
然後阿姨就這樣直接自己把簾子拉開，走了進來。
「啊，果然，剛剛好呢！我要這一件，**我馬上換下來，請等我一下。**」

我辦著租衣服的手續，這時候我看到安德從對面走了過來。
不知道為什麼，剛剛的老爺爺也一起走過來。
「哇！妳就是小圓嗎？」
爺爺摸著臉上濃濃的白色鬍鬚，親切地說著。

靠近一看，更像仙人了。

「那個，是的。我是小圓。」

我望向安德，不知道為什麼他只是一臉很滿意地點著頭。

嗯——現在這個狀況，還真的讓人不太能理解呢。

「妳好，我叫做鯉住，只是一個隱居的老頭子，專門支援有趣的留學生，主辦交流派對。」

「主辦交流派對。」

「啊，這次的派對，妳和安德不是都會來參加嗎？謝謝妳呢！」

對笑瞇瞇的鯉住先生說的話，我只是睜大的眼睛看著他。

欸？等一下等一下。

所謂這次的派對……

「欸？該、該不會，這次的交流派對裡**最偉大的人**的意思!?」

「不不不！稱不上什麼偉大，啊，大概就是這個意思吧。」

「哇～！」

我換成盯著鯉住先生看。

要舉辦派對，一定必須是很有錢的人吧。

但看起來，雖然這樣說有點沒禮貌，但是這個老爺爺看起來不太像是有錢人……？

「我在不久之前認識安德，他說希望可以有機會參加我舉辦的派對，所以我就招待他來參加了，哎呀！過去我可是從來沒有被這樣的少年盯著請求過呀！真的跟我年輕的時候很像呢！呵呵呵。」

鯉住先生張嘴笑傻了。

很、很像？

我不禁交互看著安德和鯉助先生。

很像……？

「啊，對了。安德。」

鯉住先生像是想起什麼事一樣，轉向安德。

「派對舉辦那天，可以請你在開始時致詞嗎？因為參加者裡，你們是最年輕的一群人，如果能讓未來的主人翁說一些話，我認為派對會更有意義喔。」

「Oh, really? If it's ok with you, I'd br glad to. Madoka, is that all right with you?」

（真的嗎？如果可以的話，我很榮幸可以接受這個邀請，小圓，妳這裡沒問題吧？）

安德看向我。

「欸？什、什麼？」

「Will you take on the speech? OK?（你可以在當天致詞嗎？ＯＫ？）」

「ＯＫ？」

聽起來，好像有某種意思……？

怎麼辦？**聽不懂的人，大概只有我吧？**

這個時候如果問東問西的，兩個人的對話就會停在奇怪的地方，感覺好差……

「嗯，**嗯！ＯＫ！**」

雖然不太清楚在說什麼，但安德聽完，表情一下子變得開朗了起來。

「We are fine, Mr. Koizumi.（我們沒有問題，鯉住先生。）」

「是嗎是嗎？那麼，那天就拜託你們囉，那麼『慣例要說的話』，也請在派對不疾不徐地說出來喔。」

鯉住先生拍了拍安德的肩膀。

安德惶恐地向他行了個禮。

稍微有點緊張，但是又很自豪的表情。

這個老爺爺，果然是個很厲害的人呀……

（要在派對致詞，安德馬上就要承擔重任了，真的好厲害呀！如果是我的話，要在人們面前致詞……）

「妳也要加油喔，小圓。」

「欸？」

忽然對我說這句話，我嚇了一大跳。

我？加油？**加什麼油？**

「妳剛剛回答了兩次『ＯＫ』，妳也很有膽量嘛，我很高興！『參加拍檔致詞』是我們派對的傳統，謝謝妳乾脆地答應。」

「欸……」

拍檔、致詞……？

這是什麼？

「那麼，兩位，我們派對再見了。See you!」

鯉住先生笑瞇瞇地離開了。

我則是在現場呆立了一會兒。

（拍檔……致詞……？）

致詞的是安德……跟安德一起參加派對的，是我……

我……致詞……

我現在頭腦呈現亂成一團的當機狀態！

為了尋求幫助，我轉頭看向安德：

「**等、等一下**，該、該不會……該不會，但是……**我必須上台致詞**嗎？」

「……YES.」

「用英語？」

「……YES.」

欸欸欸欸欸欸欸欸欸！？

騙人～～～！不可能，我沒辦法。

即使用日語致詞，我也做不到呀！

這種事情，在剛剛完全不知道是什麼意思的情況下，就不要隨便說什麼「ＯＫ」呀！

（怎麼辦？現在才反悔的話，來得及嗎？如果不拒絕的話……）

「……Madoka」

看到我臉色發青的樣子，安德一臉擔心地看著我問道：

「If you don't feel like it, you can say no right now.（如果妳不喜歡的話，現在拒絕也可以喔。）」

「那、那個……？」

「You don’t want to do it, right? I’m sorry to proceed without checking carefully.」

（妳不想致詞，對吧？我很抱歉沒有跟妳好好確認。）

「……」

總覺得……感覺起來他現在正在告訴我**「如果不喜歡，拒絕也無所謂」「對不起」**之類的意思。

安德由衷地感到抱歉，並且一臉自責的模樣。

（但是……我拒絕的話，就表示安德也要拒絕這個邀約吧，因為剛剛說是拍檔致詞……）

我想起剛剛安德自豪的表情。

對安德來說，可以負責致詞一定是**很開心的事**吧……

當然，老實說，我其實超級想拒絕的。

因為用英語致詞之類的，光想就讓人緊張到發抖了……

但是——。

（如果我努力一點，也許就能多看到一些……安德的笑容了吧？）

剛剛跟鯉住先生說話時候的安德，看起來真的是閃閃發亮呢。

曾經說過參加派對是夢想，我覺得如果重要的致詞能夠成功的話……安德一定會露出更耀眼的表情吧。

（……好！）

我鼓起勇氣，看著安德的眼睛。

「沒、沒問題。我、我會上台致詞喔！」

10 派對舞會前的一個禮拜

「要說最有名的英語致詞，應該就是『I have a dream.』吧。」

晚餐的時候，小歷一邊吃著魚，一邊說道。

我一回到家，就向男孩們商量著致詞的事情。

「『I have a dream.』是什麼？」

Dream的意思就是「夢想」吧。

「『I have a dream.』也就是『我有一個夢想』，是大約六十年前的一個牧師：馬丁路德．金恩，他在發表關於民主主義和種族歧視問題的演說時，不斷反覆說出來的一句話，那時候他的言論打動了許多人的心，也影響著社會喔！」

「哇～」

I have a dream 嗎……？

但是，如果要說我現在的夢想的話，應該就是「找出讓學科男孩變成真正的人類的方法」啊。

不然就是可以得到像游泳池一樣多的布丁之類的……

嗯～任何一個都不是可以在一大群人面前說的內容呢。

「基本上，就是以安德為主講來思考就可以了吧。」

小理邊吃玉子燒邊說道。

「圓圓接在安德後面，我覺得簡短致詞應該就行了，不用特別一定要說多久，時間上比較彈性吧。」

「嗯，時間的確沒有特別規定喔。」

我點了點頭，小詞建議我：

「如果是這樣，那內容**結構簡單**應該會比較好。大概可以確定是『**打招呼**』、『**提出話題**』、『**自己的觀點**』、『**統整**』等流程，然後這些如果能一句一句地說的話，就能順利地整理出來了喔。大概四行左右，用英語來背誦應該也沒什麼問題吧？」

小詞溫柔的笑臉，讓我一下子變得更有精神。

的確……

如果是簡短的致詞，我應該可以做得到吧！

「接著，要說些什麼呢……」

我的夢想……想做的事情……**喜歡的事情……？**

我試著閉上眼睛思考。

（啊……！）

忽然浮現最近看過的一個情景。

男孩們和安德，還有小優、和佐……大家聚集在一起練習跳舞的情景。

「……嗯！**就是這個。**」

我急急忙忙離開餐桌，在筆記本上記下剛剛想到的內容。

——接著，

晚餐收拾完畢後，我請小歷將剛剛記下的筆記翻譯成英語……就是這個：

大家好，我是花丸圓。

Hello everyone! I’m Madoka Hanamaru.

很高興認識大家。

Nice to meet you.

我有很棒的一群朋友。

I have good friends.

我很喜歡跟他們在一起的時刻！

I like time I spend with them!

我希望之後都能一直跟他們在一起。

I want always to be with them.

讓我們今天和好朋友一起享受這美好的時刻！

Let’s have a great time with nice friends today.

謝謝。

Thank you for listening.

我一邊唸，一邊慢慢皺緊眉頭。

「不、不會太長嗎……？」

用日語寫的時候，我想的不是這樣的！

這種分量的英語，要在一個禮拜內背下來，**不會太勉強我嗎！？**

「先用**日語**背，如何？」

小歷說道。

「不是用發音那樣死背，而是先用日語，先把**文章的內容流程記下來**。例如，像是跟朋友對話的時候，試著用跟我們聊天的情景來感受內容。」

「情景嗎……？」

我接受小歷的建議，先用日語閱讀。

我先將情景記在腦中，把「流程」記起來。

「一開始先打招呼」、「自我介紹」、「有關朋友」、「說給大家聽」、「結尾的感謝」……

……嗯，這樣一來，大概就能順暢地把流程記下來了吧！

首先，用日語背誦，然後再好好地用英語背，試著按照順序記！

我一個人小聲地反覆唸著，小理忽然問小歷：

「那個，小歷。我自我介紹的時候，說『Hello, I'm Hikaru Rika.』，還是要說『Hikaru Science』？」

「不用，我們不需要把名字翻譯成英語的意思唷！但是……『Hikaru Science』感覺好帥喔！

如果是我的話大概就是『Reki Social Studies』這樣！」

小歷很開心地說道。

哇～！社會用英語來表示是「Social Studies」嗎？

「小歷，那其他科目，用英語表示要怎麼唸呢？」

我很感興趣地問小歷，小歷就在筆記本一一寫下來：

自然科　↓　Science
社會科　↓　Social Studies
國語科　↓　Japanese
數學科　↓　Mathematics

小詞覺得很有趣地點了點頭。

「原來如此，國語對日本來說，有『自己國家的語言』的意思，所以才稱為『國語』，所以英語裡的『Japanese』，就是『日語』呀。」

「Science、Social Studies、Japanese，數學科要怎麼唸呀？」

「啊，那個唸『Mathematics』喔！也可以唸作『Math』喔！」

「喔～！」

自然科的「Science」或是國語科的「Japanese」，英語發音我都曾經聽過，但是「Mathematics」，我還是第一次聽到呢！

「所以小計是『Mathematics』囉？」

小理天真地說道，小歷和小詞也跟著點了點頭。

「嗯～總覺得這是很時髦的男孩的名字呢？」

「確實是耶，而且還有一個有品味的簡稱……」

「喂！」小計出聲道：

「你們這些人不久之前才嘲笑我『不修邊幅而且沒品味』吧！」

小計哼地一聲，不滿地說道。

這麼說來，小計從晚飯之後到現在，**就幾乎沒說什麼話**。

現在也，感覺起來心情不太好的樣子……

「小計，你怎麼了？」

「……沒怎樣。」

小計一臉嚴肅地獨自回到房間。

（……怎麼了呢？）

小計其實一直都是這個冷淡的模樣……但是我發現最近他感覺有點奇怪，之前在學校好像也在跟安德交代什麼事情的樣子……

「——那個，小詞，你有從小計那邊聽說什麼事情嗎？」

那天晚上，複習國語的時候，我決定跟小詞打聽。

小詞也一臉擔心地說：

「小計跟安德說的話嗎？……老實說，**我大概可以猜出來他說什麼。**」

「欸？真的嗎？」

我湊向前去，「但是，」小計繼續說道：

「這些話，不能從我這裡告訴小圓。」

小詞一臉感受複雜的樣子。

我急急忙忙縮回來。

「也、也對啦……對不起，問了你奇怪的問題。」

「不會的。是我比較抱歉，沒有幫上什麼忙。」

怎麼辦？因為我的關係，所以小詞覺得愧疚嗎？

小詞擔心地說：

「……小圓。」

小詞忽然直視著我說道：

「如果，我們五個男孩同時邀請妳去參加派對……小圓會選擇誰呢？」

欸？

忽然這樣問我，讓我不禁愣住了。

（如果，五個男孩同時找我參加派對……？）

我試著想像那個狀況……被小詞認真的眼睛盯著看，我的腦中一片空白，完全無法思考。

我也可以聽到自己的心臟噗通噗通地跳動著。

「……小圓，還是忘記我現在的問題好了。」

小詞有點不好意思地向我道歉，微笑著說。

「小圓接受突如其來的致詞，並且認真地準備著，讓我由衷地感到尊敬喔，我會替妳加油的。」

小詞溫柔地鼓勵著我。

雖然小計的事情或是小詞問我的問題都讓我嚇了一跳……但是我也無法多問，只能點頭回應著。

11 不容懷疑的心意

接下來，持續了一段反覆練習背誦致詞內容的日子。

在學校的休息時間或是上下學時、洗澡時，只要一有空我就會拿著筆記反覆唸著，希望能夠記下來。

但是……總之沒辦法，把英語記進大腦裡呀。

就在反覆努力的時候，就這樣過了一天、兩天……

終於，來到派對的前一天了。

「I，have，good，friends……I，like，like……」

「欸、欸。小圓，妳會不會太投入了，臉色不太好看耶……」

看到我眼睛充滿血絲地坐在桌子前唸唸有詞，一臉非常擔心地盯著我看的小優問道。

我有氣無力地笑著說：

「謝，謝謝妳，小優……可是我還沒辦法把致詞的講稿全部背起來……」

明天就是派對的日子了……為什麼就是背不起來呢？

用英語致詞對我來說，果然還是太勉強了吧……

（……啊，不行不行！）

如果現在有負面的想法，就沒有辦法集中精神了。

我要讓致詞成功，希望安德可以開心，**我必須要努力……！**

我不安地搖了搖頭。

「——Madoka」

有人忽然叫了我的名字，拍了拍我的肩膀。

安德擔心地盯著我看。

因為不想讓他看到我疲累的樣子，所以我趕緊低下頭。

『……小圓，妳聽我說，』

安德直接使用翻譯機對著我說道：

『現在雖然有點晚……但是無論是派對或是致詞，妳如果不喜歡真的可以拒絕喔，不要太勉強自己。』

「那，哪有，我沒有不喜歡啦……」

我慢慢地把頭低了下來。

其實，我真的很擔心，也快要被壓力壓得喘不過氣來了。

但是……真心想要致詞能夠成功達成的心情也是沒有騙人的。

（**要怎麼傳達我的想法呢？**我最希望的是，比任何人都希望安德可以在派對上玩得開心……）

如果可以的話，真希望可以直接告訴安德啊。

但是，現在的我**還做不到**。

沒有辦法好好傳達自己的想法實在讓人好挫折，忽然在我低下頭的時候，從上方傳來安德難過的聲音：

『……**總覺得，我只會讓妳感到煩惱啊。**』

我驚訝地抬頭看向安德。

（不是這樣的！我其實**希望可以跟安德更熟悉的呀……！**）

明明心裡這樣想，但是卻講不出一句話。

用英語？還是用日語？

我的頭腦都打結了。

就在我死命想著要用哪種語言的時候，安德再次開口說道：

「……You'd be better off without me probably.」

他輕聲說完就離開了。

我急忙地問小優：

「小、小優，妳知道剛剛安德說些什麼嗎？」

「嗯……我想大概是『**也許我最好不要在妳的身邊比較好**』……之類的意思吧。」

不要在我身邊的意思是……？

我的心裡刺痛著。

我……搞不好**我又傷了安德的心了……**

那天晚上。

吃完晚餐後，我又一個人坐在簷廊，望著天空。

雖然其實必須好好背致詞的內容，但是我完全無法集中精神。

和安德明天要怎麼面對面呢？

結果變成要精神不濟地去參加派對了嗎……？

「就是明天了呢！」

我轉過身，發現是奶奶站在那裡。

手上拿著裝了櫻花麻糬的碗。

「要吃點心嗎？」

「嗯！謝謝……」

我有氣無力地點了點頭，接過櫻花麻糬。

撲鼻而來的是葉子的香氣。

不知道為什麼現在腦中浮現的是安德的臉，心裡不禁一陣酸。

我明明對安德的事情都不清楚啊……我只知道他痛苦的表情和難過的表情而已……

「嗯，小圓。」

奶奶忽然開口說道：

「我教你一句英語。那就是……『You are my precious.』」

「You are my precious?」

奶奶微笑地點了點頭。

「意思是——」

聽到的瞬間，我心中開始長出了勇氣的小嫩芽。

集中在這句短短的話裡，有各式各樣的心情。

我覺得這就像是**我要傳達給安德知道的心意**一樣。

（好……！）

我下定決心地緊閉嘴唇。

我，要再一次，跟安德面對面。

明天，在派對上，我要好好地把這份心情，傳達給他。

毫不害怕地，直接告訴他……

「……我要開動了！」

我像是整個人活過來一樣，將櫻花麻糬塞個滿嘴。

12 消失的英語同學

鈴鈴鈴鈴鈴鈴　鈴鈴鈴鈴鈴鈴

（嗯……？）

從遠處傳來電話聲。

我恍神地張開眼睛，窗簾外的天空還是暗的。

好奇怪啊……

我一臉睡意地伸手拿起鬧鐘。

（……才凌晨四點？這種時間，有誰會打電話來？）

我聽到遠出啪嗒啪嗒的腳步聲，電話鈴聲中斷。

取而代之的是奶奶輕聲的說話聲。

雖然不太清楚在說些什麼，但是電話並沒有馬上掛斷，感覺起來應該不是惡作劇電話之類的吧……？

不知道為什麼心裡覺得很不安，我離開床。

走到樓梯往客廳一看，電話那裡有穿著睡衣的奶奶的身影。

「……奶奶？」

奶奶聽到我的聲音，轉過頭來看我。

「這個時間是誰……打電話來呢？」

「是……」

奶奶把電話筒放回去，鐵青著臉開口說道：

「剛剛是……現在小圓的級任老師川熊先生打來的電話……

──他說，安德不見了。」

欸？

我不禁懷疑自己的耳朵。

不見了？安德？

「不是只是出去散步嗎？學校有人說，安德會在早上很早的時候到街上閒逛。」

「老師說他平常出門的時候，都會將去處和回來的時間寫在便條紙上告訴他，但是今天早上卻什麼都沒說就出門了……因為老師覺得跟安德最熟的應該是小圓，所以想問問小圓是不是知道發生什麼事？」

「是、是不是知道什麼？」

我莫名地在腦中浮現了昨天安德說的那些話。

『也許我最好不要在妳的身邊。』

（該、該不會……！）

我一下子血像是被抽光一樣。

滿腦子想的都是之前小詞要消失的那次事件。

那個時候，**我還記得**。

——學科男孩如果沒有「想存在於這個世界上的想法」的話，就會消失——

我的背脊一陣涼，雙手不禁撫摸著心臟處的衣服。

該不會。

該不會，安德——！

「——怎麼了？」

後面傳來聲音。

我轉過頭去，是四個學科男孩站在那裡。

大家似乎都是被電話聲吵醒的。

奶奶將剛剛的事情說明清楚，男孩們馬上一臉認真地商量了起來。

「我們去找找看吧。總之，奶奶為了以防老師會打電話過來，所以在家留守……」
「現在外面天色還很暗，我們兩個人一組到附近看看吧。」
「ＯＫ！那比較遠的地方我就跟小理騎腳踏車去找，這附近的住宅區就麻煩小計和小詞負責。」
「就這麼辦！時間上，就是二個小時後大家回家集合。」
男孩們迅速地決定了作戰計畫。
我只能在旁邊發抖著。
我的內心完全被強烈的不安覆蓋著，似

乎要被壓碎了。

（怎麼辦……如果安德發生了什麼事，都是我害的……！）

「——小圓！」

小計的說話聲一下子傳了過來。

他將手搭在我的肩膀上，看著我的臉：

「沒事的！我們一定會找到安德。」

冷靜又穩重的聲音。

「他應該不會什麼都不說就消失，**妳必須比其他人更信任他才對！**」

強而有力的話語，震撼著我，也讓我冷靜了下來。

對呀……安德是我的課本……我是安德的主人呀！

學科男孩遇到麻煩的時候，我要比任何人都可靠才對……！

我緊閉著嘴唇，面對著前方。

為了要甩掉蔓延的不安，我深深地吸一口氣——。

「無論如何，都要把安德找到！」

我和小計、小詞一起往學校的方向走去。

在還很昏暗、安靜的街道上，路上的街燈閃閃爍爍，我們快速走著。

經過公園、便利商店和糖果店……

但是，就是沒看到安德的身影。

經過我們身旁的只有配送報紙的叔叔之類的人，完全沒有任何線索地任憑時間流逝。

「五點半了嗎？……我們最後到學校去，然後再回家吧！」

小計確認了時間後說道，小詞也點了點頭。

「也是。如果小理他們也沒有找到的話，我想計畫必須改成，請小梅跟老師聯絡一下。」

我聽著兩個人的對話，心痛著。

明明已經仔細找了，怎麼都找不到呢。

（安德，到底在哪裡？）

我祈求般地抬頭看向天空——上學路上的櫻花映入我的眼中。

花大部分都凋謝了呀。

明明最近才滿開的……現在卻已經凋謝了。

我看著地面上散落一地的花瓣，平常我一定會覺得很漂亮的，但是現在我的感覺卻是完全一片灰暗。

（明明在新學期剛開學那天，我還那麼愉快地抬頭看著那片櫻花……）

短短的二個禮拜，感覺就像是好久以前的事情。

那一天，大家上學的時候，

我一個人到垃圾場，**然後**——，

「……啊！」

我忽然想起那天，因而停住了腳步。

浮現在我腦海的，是那天看到的情況。

我直覺，

（安德一定在「那個地方」——！）

「走！小計、小詞！」

我出聲叫了他們兩個，快速地跑了起來。

數分後。

我們三個人並肩跑著，來到學校的校門口。

「小圓……忽然跑了起來，是發生什麼事嗎……？」

小計額頭冒著汗。

小詞也喘著氣，看向校園。

「……從這裡看來，似乎沒有人呢……」

從校門這裡看過去，如此廣闊的空間上，的確感受不到有人在那裡。

教室的窗戶、電燈等都關得緊緊的。

但是——我確信這附近一定有什麼。

「**你們在這裡等一下**，讓我跟安德兩個人談談。」

我忽然爬上校門。

「欸？小圓……」

「啊？喂、喂，小圓……！」

兩個人著急的聲音從我身後傳了過來，但是我正用盡力氣，一口氣往上爬。

雖然校門只到胸口那麼高，但是要爬上去，也是蠻高的呢。

因為昏暗而看不到地面，而且也覺得有點可怕……

（但是，我必須去……！）

我想趕快找到安德。

抱持著這樣的心情，**一口氣往前跳**。

咚。

「痛死了！」

果然，著地失敗。

腳大概扭傷了吧……

「喂！妳沒問題吧？我也馬上過去……」

「沒關係！」

我打斷小計的話，咬牙站了起來。

「我……**有無論如何都要對安德說的話！**」

13 You are my precious!

我一個人往校園裡走去。

比平常還要昏暗的走廊深處。

從教室的窗戶上可以看到逃生口的燈光，還有牆壁的那一邊的街燈閃爍著，稍微可以當作路上的照明，我慢慢往前走著。

哈呼、哈呼……

我喘著氣。

因為剛剛一直跑，所以現在肚子旁邊有點刺痛，還有剛剛扭到的腳。

儘管如此，我還是往前死命地走著。

（安德，求求你……**請不要消失啊……！**）

沒問題的，我們一定還會再見面！

安德一定在「那裡」……！

我如此相信著，拚著命地往前走——這個時候，

就在我的幾公尺前，我看到了，

在茂密的樹木，靠近池塘旁邊。

（——他在！）

我看到了一道微弱的身影，因而一下子加快了腳步。

但是在那同時，那道身影卻搖搖晃晃地，往池塘的方向走去。

那道身影對著池塘，慢慢地探過身去——

「安德！」

我近乎尖叫地叫著他的名字。

血一股腦地往上衝，心臟噗通噗通地跳著。

不要，等一下！

不行，不行，絕對不行啊！

「安德，你不可以死掉!!」

咚！

我就這樣撞了過去。

那個衝擊力，讓兩個人都跌在地面上。

「痛死我了！」

「小圓……？」

安德驚訝地叫我。

他一臉不知道發生什麼事情的樣子，瞪大著雙眼。

我不禁緊張地抓著他的手腕。

「安、安德……對不起。我，傷了你的心。」

我的聲音在發抖，心裡很苦悶。

但是，現在，我必須傳達給他。

看著他的眼睛，傳達到他的內心。

毫不畏懼地，直接地——！

「……You are my precious!」

安德瞪大眼睛看著我。

我的心中想起，昨天奶奶教我的那句話。

——意思是「**你是我重要的人**」。

——這是一句非常美好，奶奶最喜歡的一句話喔！

安德是我重要的人……

「所以……**我不希望**，你消失喔……」

我的眼睛熱熱的，緊咬著嘴唇。

我的願望、我的感覺……**都要傳達給安德知道！**

我像是祈求般地看著安德的眼睛，他也從口袋裡拿出翻譯機。

「……I'm sorry for any worries caused. But I'm fine.」

『很抱歉讓妳們擔心了。但是，我沒事喔。』

安德輕聲繼續說道：

「And……I'm so happy to hear that now.」

『然後……我很高興能聽到這句話。』

「很高興……Happy?」

「Yes, I'm happy.」

慢慢地，我也可以聽得懂，並且能夠溝通了。
雖然燈光昏暗，但是我知道他那雙天藍色的眼珠。
安德溫柔地看著我，輕輕地撫摸著我的頭髮。
感受到他的手掌傳來的溫度，我的內心也漸漸冷靜了下來。

「對不起，我用身體把你撞下來。但是，你在這裡做什麼呢？」
我再次問他，安德感覺起來有點不知所措。
似乎是在思考要怎麼回答，過了一下子：
『為什麼我會來這裡嗎？其實，說實話……』
從翻譯機發出來的聲音。
我仔細張著耳朵聽著，安德忽然告訴我某件事……
「……什麼？」
老實說我其實不太知道是什麼，只是盯著他看。

顏色是……**綠色**？

有一個**細細的棒狀**、表面上刺刺的像是尖刺般的東西**伸了出來**……

「那個……該不會是，**小黃瓜**？」

『嗯。因為我喜歡河童。』

安德的眼睛變得閃閃發亮。

「欸……？」

河童？？？

河童，是指頭上禿禿的，有個盤子的那個河童……？

嗯嗯……？

就在我一臉莫名其妙的時候，安德繼續說道：

『我非常喜歡日本的古文化和傳說之類的東西，忍者、天狗或是武士之類的……其中，妖怪裡我最喜歡的就是河童了。聽說這座池塘會有河童出沒，所以我就會偷偷帶著小黃瓜來這裡喔。』

「來這裡……找河童？」

『嗯，聽說學校有這樣的怪談故事。』

「啊啊！」安德一說，我忽然恍然大悟地想起來。

這座池塘的怪談故事中……的確有「在沒有人的時候，一個人靠近這座池塘，河童就會出現」的說法。

雖然是從本人這裡聽到的，但是還是很令人難以相信。

因為，實在是太出乎意料之外了。

「凌晨的時候看到安德在街上閒逛」這個傳言的真相，該不會是因為「河童」吧……

「但是，安德為什麼喜歡河童呢？」

『當然是因為覺得很可愛呀！』

安德忽然眼睛一亮地說道。

『那個嘴唇或是頭上的盤子，真的都好可愛呀！喜歡小黃瓜這點，也很樸實無華呢！』

安德興奮地說著。

那個表情簡直就像是小朋友一樣，還會忍不住呵呵傻笑。

接著，安德不好意思地抓了抓頭說：

『我果然是怪人吧。像我這樣高個子的男孩，居然會喜歡河童……』

「啊，不會喔，**不是這樣的！**」

我搖了搖頭說：

「現在正在說自己喜歡的事物的安德，表情閃閃發亮，超棒的呢……能更瞭解我所不知道的安德，我開心地都笑了呢。」

『……開心？』

「嗯。因為我一直希望可以知道更多安德的事情，但是因為英語程度不好，所以慢慢覺得不知道如何是好，……我想要跟安德一起實現願望，所以一心想要努力把致詞說好，但是卻還是無法把這份心意傳達給你，所以讓你誤會我『有不喜歡的感覺』……如果，我的態度傷害了安德……我真的很抱歉。」

我向安德道歉，但安德也馬上搖了搖頭說：

『妳不需要跟我道歉，小圓。……我也一直想跟你道歉啊！』

「為什麼？」

『忽然造成了那些混亂，而且派對的事情也是我自己任意而為，……我那時候真的，有點太過著急了。』

安德低下頭，小聲說道。

『……我一直**很羨慕**小計他們四個人。』

嗯？小計他們？

安德低著頭繼續說：

『大家都以人類的姿態在小圓的身邊直接幫忙著，也可以直接傳達自己的感受……我在書櫃上，看著大家的身影，始終夢想著：「我也要變成人類」「我也想幫小圓的忙」……』

安德慢慢抬起頭。

看著我的臉，張睜著穩重的雙眼：

『所以，小圓——**其實我的夢想，已經實現了喔！**』

看到這個表情的瞬間，我的眼睛從深處湧出熱熱的東西。

安德的想法，深深地注入我的心中。

就像其他的男孩一樣，從還是課本的時候就一直擔心著我，安德也一樣。
自己還不是人類的姿態所以覺得很寂寞，但是仍然不放棄地替我著想。
然後，現在以人類的姿態來到我的身邊……
「安德……」
我緊緊握住他的雙手。
那雙冷冰冰的大手。
在觸碰的時候，我感覺到跟安德之間的距離已經消失了。

──我，突然忘記了。
為了要傳達自己的感受，在發現他們是「英語」還是「日語」之前，還有一件更重要的事情。
那就是，看著對方的眼睛，由衷地傳達出來。
──必須要先用「用自己的話」傳達出來！

「謝謝！安德，謝謝你能到我身邊來！」

我打從心裡感謝著，也對著安德笑著。

14 金黃色的早晨天空

「啊，我們差不多該回去了。」

我忽然想起什麼似的，站了起來。

「川熊老師和我奶奶、其他男孩們，大家都很擔心你喔！老師凌晨四點就打電話到我們家，大家就急急忙忙出門找你了。」

『欸？是這樣嗎？好奇怪喔！我跟平常一樣，留了目的地和回去時間的紙條才出門的……』

安德一邊站起來一邊酷酷地把雙手插在口袋裡——然後一臉吃驚。

他從口袋裡拿出來的是，

「我到學校散步，大約六點回家。安德。」

是那張留言紙條。

『……完蛋了。』

安德小聲地說，並且用手指擦了擦鼻子。

安德……意外地笨拙嘛！

之前也會把上衣反著穿，應該也只是不小心的吧。

（……什麼嘛！）

我鬆了一口氣，笑了出來。

自己擅自覺得安德「完美無缺」……

安德對於喜歡的事物也會眼睛閃閃發亮地看著，但也會有笨手笨腳的時候……也只是一般跟**我們同年的男孩而已嘛**。

『但是，我好高興，川熊老師也會擔心我。』

安德一面盯著紙條，微微笑著。

「啊！」聽到這些話，我忽然想起來：

「這麼說來，川熊老師還有擔心其他的事情喔！他在想自己是不是被安德討厭了……」

安德聽了，驚訝地瞪大了雙眼。

『我不會討厭他呀！根本是**相反**呀！』

「相反？」

『因為我還只是課本的時候，完全沒有被使用地擺在一邊……』

啊啊～～

我不禁苦笑了起來。

五年級的時候，上英語課完全沒有使用英語課本，安德果然很介意啊……

接著，我們趕緊往校門口走去。

小計和小詞應該很擔心地在等著我們。

「……好痛。」

我踏出一小步，就感到腳踝傳來一陣疼痛。

剛才勉強從校門上跳下來的時候，應該受傷了吧。

安德很擔心我的樣子。

「啊，我沒事我沒事！雖然沒辦法跑，但是慢慢走還是……」

就在我說話的時候，我突然覺得身體一輕。

一瞬間，忽然不知道被什麼東西抬了起來——

「欸？……**欸??安德!?**」

騙人!?這是做什麼!?

我被公主抱了啦!?

安德把我抱了起來，微笑地說道：

「It's OK. You can count on me.（沒問題的，妳可以靠著我。）」

即使說什麼ＯＫ……這漂亮的下巴線條、還有鼻樑和嘴唇……

我就這麼無意識地盯著直看。

心臟噗嗵噗嗵跳個不停，感覺都快跳出來了啦……！

（但、但是現在應該沒有人看到……稍微撒嬌一下，應該沒關係吧？）

我在心中默默想著。

但是，現在這麼近距離，實在是讓人好開心呀！

而且能夠意外知道這麼酷又這麼帥的安德那麼多事情。

鼓起勇氣表達自己的想法，真是太棒了！

「欸？但是安德，仔細一看，這裡並不是往校門口的方向呢……」

「——Look!」

安德出聲說道，

欸？我抬起頭的瞬間——忍不住停止了呼吸。

「哇……！」

昏暗的校園忽然射進一道光芒。

從遙遠的地平線，炫目的朝陽正在升起，黑暗的世界開始慢慢充滿了光亮。
那美麗的景色震撼著我的心。
「好漂亮啊！Beautiful!」
「Yeah! So beautiful!（是呀！好漂亮喔！）」
我們互相看看對方，很自然地笑了出來。
和重要的人一起看著美麗的事物，然後一起傳達出覺得「很漂亮」的想法。
這件事本身……就足夠讓人開心了呀！

「But your smile is 1000 times more beautiful than that.」

安德忽然一個人自言自語地說著。
「嗯？現在說的，是什麼意思呢？」
但是即使我問，安德也只是調皮地笑了笑。

我再次看向天空，仍然覺得很迷人，接著我的視線從天空轉移回來。

——我覺得現在，我們之間並不需要語言呀！

慢慢地，天空染成金黃色。

我們就在那段時間裡，幾乎忘記了呼吸地仰望著天空的景色。

15 派對開始！

找到安德後，我們就馬上連絡了川熊老師，並且趕緊回到他家。

老師一臉剛起床地頭髮亂糟糟，並且無精打采的樣子。

此外，在玄關緊緊抱住安德，大哭的樣子也引起了**很大的騷動**。

但是……「Sorry」跟老師道了歉的安德，似乎感到有點開心。

彼此之間覺得「被討厭」的誤會，終於解釋開了呀。

啊，這麼說來。

看到帶著安德回來老師家的我，奶奶忽然在我耳邊說起悄悄話：

「小圓，妳有好好**告白**嗎？」

「嗯？告、告白，沒有啦！」

我急忙地否認，但是奶奶還是一臉笑瞇瞇的樣子。

吼！奶奶真是的。

不過我嘟著嘴，向奶奶道謝：

「……謝謝奶奶教我這句話，多虧了那句話，我有好好地傳達我的感覺了喔。」

You are my precious. 你是我重要的人。

就像奶奶說的，這句話真的超棒的啦！

（……說起來，奶奶到底為什麼會知道這句話呢？）

而且還有最新型的翻譯機這件事也讓人覺得不可思議呢。

該不會有我不認識的外國人朋友吧……？

我歪著頭心想，這時候奶奶似乎能讀透我的內心，看著我回答：

「嗯，妳不要看我這樣，奶奶我現在還是很趕得上時代的喔。」

奶奶對我眨了眨眼。

——接著，時間在一瞬間，就到了午後時分。

我們分成男孩組與女孩組，分別為派對做準備。

我和和佐一起到小優家集合，終於將洋裝穿了起來！

小優的媽媽一邊幫我們，一邊分別協助我們把衣服穿好。

「啊啊啊……怎麼辦？無論練習幾次，還是很**不安**呀……！」

在穿洋裝的時候，我還是哭喪著臉持續唸唸有詞地背誦著致詞內容。

因為，**派對**就近在眼前了呀！

也就是說，我的致詞時間也迫在眉睫了呢……！

「好了！小圓，穿好了喔！」

小優的媽媽替我在肩膀上繫上蝴蝶結，開心地抬起頭來。

（哇……！）

照鏡子的瞬間，我不禁張口呆望著。
根本就不像我了嘛！
跟安德一起出去租的那件黃色洋裝。
還有小優替我編的時尚髮型。
平常像個小孩子似的我，也能有這麼像大人的時候呀……洋裝的力量真大！
這就是所謂的「穿著好看衣服，看起來感覺也會變好」之類的……是叫「人要衣服，佛要黃金」吧？

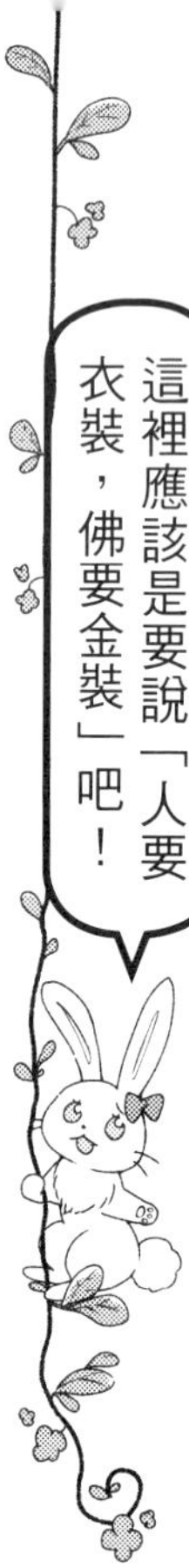

「小圓，很棒喔！真的很好看！」
「對呀！小圓，真的非常適合妳。」
「嗯、嗯？是這樣嗎？**嘿嘿嘿**……」

一下子被小優和和佐稱讚，我都不好意思地臉紅了起來。

真是不可思議啊。只是穿上了洋裝，緊張感就完全……**完全沒有消退！**

完全沒有消退啦!?

我的胃在翻攪著，還緊縮成一團。

啊，真希望時間能停止，致詞的時間不要來啊!!

但是，我又很期待……**派對點心！**

（那個、那個，Hello, I'm Madoka Hanamaru……）

在旁邊歡樂地彼此稱讚著洋裝穿著的兩個人旁邊，是正肚子絞痛地練習著致詞內容的我。

叮咚。

門鈴響了。

「啊……」

大家彼此對看了一眼。

這時候從走廊傳來小優媽媽說話的聲音：

「小優，男孩們來接妳們囉。」

我們三個人就這樣穿著洋裝前往玄關。

小優表情稍微有點緊張地準備打開門。

「那……**我開門囉。**」

喀擦……

慢慢地把門打開……

（哇……！）

映入眼簾的情景，完全不是想像中那樣亂七八糟的模樣。

男孩們帥氣且紳士地站在那裡。

每個人都穿著不一樣的西裝，大家都穿得很得體呢。

（好、好帥呀……！）

就好像是看到電影裡的情節一樣呢。

看起來就像是王子帥氣地站在那裡，來迎接公主……

看到三個女孩們發呆的樣子，小理往前走了一步：

「我們來接妳們了喔～！大家穿著洋裝真的好可愛喔！**很適合妳們喔！**」

小理穿著綠色背心，繫著領結。

小理平常都穿著白色衣服，頭上戴著防風眼鏡，忽然穿得那麼正式也是很新鮮呢，看起來就像是另一個人一樣。

但是一講話就知道是平常的小理了。

「妳們看妳們看！小龍也有好好地打扮一番喔！」

小理的肩膀上悠閒待著的是變色龍小龍。

「哇！小龍，好可愛～！」

我疼愛地摸摸牠的頭，小龍還是一樣吐了吐舌頭。

「哇～大家，真的都好美呀！」

這麼笑著說的是，穿著黑色襯衫，搭配著紅色細格子西裝的小歷。

髮型也感覺得出來很有大人風格。

「美女三人組，打扮成這樣等著我，……我真是太幸福了呀！」

小歷一邊笑著說，一邊慢慢靠近我們，——然後忽然在小優面前停住了腳步。

「但是呢，我今天只看得到妳，我的公主。」

小歷伸出手，露出了燦爛的笑容。

「呃……」

小優的臉一下子紅了起來。

像是忘記怎麼說話般，只是嘴巴張開著。

（哇！今天女孩們都很緊張呢）……！

就在我超級緊張地看著他們的時候，

「……開玩笑的啦！」

小歷放開了小優的手，放聲大笑。

「嗯，今天的我是不是像個超帥的王子？今年的學期表演我應該可以擔任王子的角色吧……」

……過了數秒之後。

看傻了眼的小優，迅速地抬起手來，

「你……你是傻瓜嗎!!」

啊～啊。小歷又惹小優生氣了啦……

小歷急急忙忙地跟著，而小優則是氣呼呼地看著他。

「小圓，」我苦笑著看著這兩個人，忽然聽到有人叫我，是小詞。

「洋裝真的很適合妳呢，真的……**很好看喔！**」

「嘿嘿嘿……**謝謝！**」

被這樣直接盯著看，讓我覺得很不好意思。

小詞穿著咖啡色西裝，搭配棕色背心和領帶。

總是很冷靜紳士的小詞，這樣的打扮真的很帥氣！

「……這麼說來，小詞和小計的同伴怎麼辦？」

因為忙得一團亂，所以完全忘記這件事。

我左看右看，但是沒有看到其他女孩，只有我們三個人在這裡。

是要到會場才配對嗎？

我想了半天，小詞才一臉尷尬地偷看後面：

「……真是個『彆扭』的傢伙呢。我們只能倆倆配對囉。」

倆倆配對。

我順著小詞的視線——站在那裡的是小計。

穿著灰色西裝，繫著藍色領帶的小計，站在最角落，眼神看向其他地方。

「……同伴似乎並沒有規定非得要女孩不可的樣子喔。」

「喔？」

……啊！的確。

「小計和小詞可以成為**彼此的同伴**！」

「是的，我跟小計都**沒有尋找同伴**，也沒有想要找的對象，……所以，哈，算是剩男組啦。」

「只、只是為了能夠滿足參加派對的條件簡單組成，我死也不要跟你一起跳舞啦！」

「什麼？我是不介意跟小計一起跳舞，只不過這樣就有點自暴自棄就是了。」

小詞笑著說道，這次他跟小計唱反調了。

「……不過呢，下次我就不會禮讓囉，安德。」

小詞一說完，安德忽然站直了身體，點了點頭。

「All right. Let's play fair and square nest time.（當然，下次我們公平競爭。）」

看到安德的模樣，我忍不住心跳加速了起來。

白色的襯衫配上銀色的背心，還有領帶。

本來就身材很好的安德的腳，看起來更長更好看了，總之就像個小大人一樣，好帥啊！

（怎、怎麼辦？……我覺得我自己越來越不對勁……）

雖然我照著鏡子的時候覺得自己「還不錯嘛！」，但是現在完全沒有自信了，擔心害怕地垂下眼睛。

「小圓。」

安德叫了我。

我反射性地看向他。

安德直視著我，用我能聽到的音量，慢慢地說道：

「Madoka, you are beautiful.」

欸？

「B、B、B、Beautiful ？？？我！？」

忽然得到這樣的稱讚，我心想：

這是「美麗」的意思吧……？

日語中的「可愛」或是「漂亮」之類的說法幾乎不一樣，但是聽起來都是很棒的稱讚。

（等一下等一下，是不是哪裡弄錯了？我就是個圓臉的小鬼，而且也只是個個子不高的普通小學生……該不會安德是在逗我開心吧？）

就在我一臉疑惑的時候，我看到安德靜靜地看著我。

看了那雙眼睛，也會跟著冷靜了下來。

（……嗯，其實我都知道的。）

安德並不是那種會說客氣話，或是逗人開心的人。

即使沒有用言語表達，也會直接把自己的感覺傳達出去。

所以我也不能因為害羞就刻意否定……**而是要好好地，接受他的讚美呀**。

我深深吸一口氣，回望著安德的眼睛：

「那個……Thank you！安德也超級 Nice 唷！那個……cool、super good！**帥哥！**」

……啊，「帥哥」不是英語。

我馬上發現這件事，忽然滿臉通紅。

講錯了啊……

我輕輕嘆了一口氣，這時候安德也害羞地低下頭來，搓了搓鼻子說：

「……Thanks.」

超級小聲。

而且連耳朵都紅了。

該不會是因為我的讚美的關係吧？

總是那麼高貴的安德個性卻意外地可愛，我很直接笑了出來。

「小圓，」

安德再次叫了我的名字，

從口袋裡拿出了某個東西，直接靠近我，

「This is for you. Here you are.（這個送給妳，請收下。）」

他遞給我的是，一朵白色的花，是**花帶**。

要把這個送給我……？

我小心翼翼地伸出手，安德把花繫在我的手腕上。

哇！這樣，就更像公主了呢。

跟洋裝的顏色也很搭配，**超級可愛的**！

「謝謝！」

「You are welcome.（不客氣。）」

仔細地回禮的安德，這時候站了起來。

他的胸前繫著的，和我手腕上的，是同一種花。

「啊！時間有點晚了！」

「是呀！要和男孩們講話，就在派對的交誼時間進行吧。」

小歷說道。

「你們看，剛剛的談話，在美國、英國或是加拿大的的高中裡都是名為『promenade』，是派對的一部分喔。傳統上，『prom』就是當天受邀的男孩，要送給邀請前來的女孩胸花或花帶當作禮物，所以小優，我也有準備喔♪」

「也跟我的是一樣的喔！」

小歷和小理都在小優和和佐的手上繫上花帶。

這樣彼此繫上花，真的就有種「同伴」的感覺了耶，好害羞喔！

「那我們也差不多要出發了吧。」

看時間不早，小詞說道。

「剛剛開始，**司機先生**就已經在等我們了喔！」

「司機先生？」

什麼？我正一臉不解，順著視線看過去——

「欸!?」

男孩們面前的是一台黑色加長的車子。

哪、哪、哪裡來這麼長的車子!?

車子身體的部分，超～級長的！

就在我驚訝地張大嘴巴的時候，小歷說：

「這是一種名為『limousine』的高級轎車，照安德說的，是這次派對的主辦人特別為『致詞者準備的謝禮』，所以我們會搭著這台車到會場去喔。」

「哇～」

即使說明了，我也是驚訝地張大著嘴。

因為車子不但很高，而且還很長……裡面還有桌子，還有穿著整齊制服的司機先生在開車呢。

（主辦人……應該就是那天在租衣店遇到的那個，一下子就跑掉的那個老爺爺吧？）

那個人，果然是，非常有錢的人啊……

安德對著呆呆望著車子的我，伸出自己的手肘。

「Shall we go?（要走了嗎？）」

欸？手肘？

我一臉疑惑地交互看著安德的臉和手肘。

小優低聲告訴我：

「……小圓，這個時候，女孩要挽著男孩的手肘喔！」

嗯？**挽、挽著手肘**……？

再往上看，是安德的手腕。

然後我就，慢慢地試著伸手單手勾住。

（總、總覺得……因為身高差的關係，好像是抓著公車上的拉環一樣呢……）

我們就這樣尷尬地站在原地。

「……Closer to me.（再站過來一點。）」

安德忽然把我拉近他的身邊。

「哇哇！」

我一下子失去平衡，咚地頭撞到他的手肘。

這、這……

手肘和臉，這根本就像是戀人之間，才會出現的互動呀!?

「哇、哇!?對、對不起。」

我急急忙忙站直身體，回到剛剛好的距離。

但儘管如此，還是好近啊……

「ＯＫ」

安德忽然露出溫柔地笑容，往前走。

這、這就是外國風格的護送方式嗎……！

我心跳加速而且全身僵硬地跟著安德往前走。

啊啊，怎麼辦……

我心臟的聲音，感覺都要被聽到了啦……！

16 用自己的方式說出來！

被豪華轎車嚇到的我，終於到達派對會場，又被嚇了一大跳。

租借了飯店的大廳，是**超豪華的空間**。

頭上則是閃閃發亮的水晶吊燈，靠近牆壁處則是有許多張鋪了白色桌巾的桌子。

桌子上放了各式各樣的花和料理。

沙拉上有肉，還有披薩、壽司……蛋糕、馬卡龍和水果拼盤！

巧克力噴泉流洩著，不斷噴出巧克力醬喔！

哇～！每種看起來都，**超好吃的樣子耶！**

（有布、布丁吧……？）

在這華麗的空間裡，我一半緊張地，一半興奮地環顧四周，這時候和佐指著大廳的正中央，看了過去。

「那個正中央的空間應該就是，跳舞的區域了吧？」

「啊！是的。」

小歷回答道。

「想要跳舞的人就會在那個區域，想聊天或吃東西的人就會在靠近牆壁的桌子旁，大家可以自由來去穿梭。跳舞的話，大多數都是第一首跟自己的舞伴跳，之後就是自由選擇囉。大家可以找其他人跳，或是休息，或是吃點東西。」

喔～感覺上好**自由**喔。

我並不太擅長跳舞，我想只要跟安德跳一首，之後去吃東西就好了啊……因為，真的看起來都好好吃喔！

我一直沒能從想享用那些美味食物的心情中抽離，一直盯著看，這時候：

「圓圓，」

小理拍了拍我的肩膀。

「安德在叫妳喔！他說致詞的人要集合了。」

嚇！

「我、我知道了……！」

我一邊回應，瞬間身體僵硬了起來。

察覺到我不對勁的小優，馬上輕撫我的背：

「沒問題的！小圓，妳練習過了。」

「對呀！小圓，放輕鬆喔！」

小優和和佐都對我好溫柔。

我看了看小理、小詞、小歷和小計，他們都對我肯定地點了點頭。

（好……！）

大家把手放在我的背上，我慢慢地往前踏出了一步。

我和安德往會場最裡面的司儀台附近靠了過去。

安德和主辦人鯉住先生說話時，站在旁邊的我瑟瑟發抖地正做著致詞的最後確認。

（嗯……『Hello, I'm Madoka. Nice to meet you—』……然後……）

我反覆在腦海裡，背誦致詞的內容。

沒問題的，我已經好好記下來了……吧。

沒問題的、沒問題的……

我在心中默唸著，但心中的緊張感卻越來越升高了。

啊啊，手好冰啊。

心臟簡直像是要跳到喉嚨上了啦。

慢慢地，我的大腦忽然變得輕飄飄的，周圍的聲音變得很遙遠。

「——警長也會緊張喔。」

——嗯？

突然我聽到一句話……**冷笑話？**

飄到遠處的意識，忽然被拉了回來。

我驚訝地看了看旁邊，只看到正在交談的鯉住先生和安德正站在我的旁邊。

但是，總覺得他們的樣子有點奇怪？

我只看到單手遮住嘴巴，肩膀晃來晃去……？

「安德……？」

我轉過頭去看他，安德遮住嘴巴的手馬上放下來，

恢復成原本酷酷的表情，直視著前方。

（嗯……剛剛聽到的聲音，只是聽錯了……吧？）

因為在我身邊現在只站著安德呀。

該不會那麼酷又帥氣的安德，會說這種冷笑話吧……？

「……喝熱水可以熱熱地睡。」

「！」

「吃肝臟，乾賀？」

「!? !?」

我真不敢相信自己的眼睛和耳朵。

從安德的嘴巴和陸續說出來的，冷笑話……超級大叔味的啦！

而且每次講的時候，都會用手遮住嘴巴，死命地忍住笑……

（啊！）

我忽然想起來了。

之前在教室裡，川熊老師講冷笑話的時候，也有聽到某個人發出噗嗤的笑聲。

那個，**該不會是——！**

「這個咖哩很有家裡味！」

說完，他的肩膀上下抖動著。

（真、真不敢相信！）

「噗……哈哈哈哈！」

我忍不住大笑了出來。
安德該不會很喜歡這種大叔冷笑話吧，真的好出乎人意料之外喔！
看到我笑出來，安德紅著臉拿出翻譯機對我說：
「Just thinking out loud. I wasn’t talking to you.」
『我只是在自言自語，不是對你講啦！』
欸？什麼意思？

雖然一下子沒聽懂，但是我想了一下，忽然意識到了：「原來如此！」

安德雖然有**「無法對我說日語」**的「規則」。

但是……如果是像這樣，**自言自語**的話，就能用日語了！

（直接用自己的方式說出來，一定比透過翻譯機，還要有感覺，他可能是這麼認為吧……）

這份心意傳達過來的時候，我的胸口也傳來了一股**暖流**。

無論如何，我對於刻意不使用工具的安德，那笨拙的溫柔，感到很感動。

「謝謝，安德，我稍微有點放輕鬆了喔。」

（這個咖哩很有家裡味……嗎？呵呵呵。）

我一想到也不禁笑了出來。

「Madoka.」

安德叫著我的名字，

視線朝向我並靠了過來，看著我的臉。

「Enjoy!」

『好好享受！』

安德微微地笑著，並且伸出了一隻手。

我忽然產生出了勇氣。

「……嗯！Enjoy!」

我把自己的手搭上去，拍了拍他的掌心。

好～！集中精神，**加油！**

派對終於開始了。

擔任司儀的大姊姊用英語說了許多話後，身為主辦人的鯉住先生便向大家打招呼……接著，

就輪到我們致詞了。

首先，安德的致詞**非常成功！**

雖然英語講得很快，意思我聽不懂，但是會場響起如雷的掌聲，我想一定是非常棒的致詞吧。

只是，會場的氣氛這麼熱烈，我的緊張感也到達了極點。

我的嘴唇抖個不停。

（沒、沒關係……Enjoy！好好享受！）

「Next, Madoka will make a speech. Come on, Madoka.

（接下來是小圓為我們致詞，請小圓上台。）」

站在講台的安德叫了我的名字。

大家響起一片掌聲。

瞬間，我稍微有點害怕。

（終、終於……！）

噗通、噗通、噗通、噗通、噗通

心臟像是快要爆裂般地，瘋狂跳動著。

（嗚……怎、怎麼辦？我的大腦，一片空白！）

我的身體，就好像，不是我自己的了。

我捏得緊緊的手掌心，也滲出汗水。

我的大腦覺得很熱，忽然一陣熱氣襲來，腳也抖個不停，沒辦法好好站著。

儘管如此，我還是照樣往前走，伸手——往前。

——沒問題的喔，我在這裡。

安德的雙眼，像是傳達出這樣的訊息。

他牽起我的手，護送我到台前。

從安德身上伸出來那隻一點都不畏懼人群、強而有力的手。

安德的溫柔傳達到我的心裡——我慢慢地，冷靜了下來。

（嗯……沒問題的，絕對沒問題的！）

我緊閉著嘴唇，往講台踏出了一步。

「嗯、嗯～Hello everyone!」

雖然有點回音，但是我打算就這麼一口氣說完。

「I、I、I'm Madoka Hanamaru. Nice to meet you.」

這樣一來，一開始的打招呼就說完了！

好！那、那接下來……!?

（是、是什麼……!?）

我的大腦忽然一片空白。

慘了……剩下的內容，全都忘記了！

（怎麼辦？怎麼辦？怎麼辦？）

感覺我的全身都在流汗，死命地張大著眼睛。

拜託，讓我想起點什麼，想起，**一點點都好……！**

安靜的會場裡，有許多面孔。

大家的視線都看向這邊來，我的頭腦一片混亂，

但是——

（啊……）

我的眼睛瞥見了某個地方，

——那裡有凝視著我的一雙雙眼睛。

是為我加油的眼睛，為我擔心的眼睛。

就在我看到那些我最喜歡的人們的瞬間——我出聲了。

「I have good friends.」

接著，很不可思議地，我將致詞內容順暢地說了出來：

「I like time with my friends!」

稍微跟我背的內容有點不一樣，但是應該也是正確的表現方式吧。

只是……投入真正的心意，就一定能傳達給大家。

即使站不直身體也無所謂，

即使英語不好，即使只能用單字來表達，即使稍微有點錯誤，只要不害怕，直接傳達出來……！

「I have a dream.……I……study hard!

I like……Mathematics、Japanese、Science、Social Studies、Ent……English! You are my friends.」

我一下子挺起身體，往前看。

數學、國語、自然和社會，

還有英語。

——希望能將我的心意，傳達給這些我重要的朋友們。

「Thank you. Enjoy!」

最後我大聲地說道，並高舉雙手。

那個瞬間，整個會場，響起歡呼聲。

不間斷地拍手，還有**「呦呼！」「耶！」**之類的外國人的歡呼。

（他們、聽得懂……!?）

聽得懂，他們聽得懂我的英語。

成就感慢慢地從腳開始，傳遍我的全身。

（太好了，我做到了！我的感受有傳達給會場的人們了！）

我拚命地忍住想要跳起來的衝動，慢慢地離開講台前。

看向旁邊，再次跟安德四目相接。

「Madoka! So good!」

他燦爛地笑著握著我的手。

現在他對我說的「不錯」，比之前他對我說的任何「不錯」，都還令我高興。

我也開心地給安德一個擊掌！

17 Let's dance!

我的致詞順利地結束了，擔任司儀的大姊姊拿著杯子：

「接下來，就讓我們開始派對吧！Have a great time! Cheers!!」

「Cheers!!!!!!!」

同時響起音樂和杯子的碰撞聲。

一首古典音樂開始播放，感覺派對終於開始了呢！

（好！要好好享受喔～）

我似乎也有一種解放感，好奇地四處張望，回頭看了看安德說道：

「那個，我們先吃點什麼吧！那邊，有看起來很好吃的點心耶！」

——這個時候。

「欸……？」

忽然出現的情景是，發出了一聲狂野的聲音。

安德……不知道為什麼穿著豎著高領的全黑襯衫和披風站在那裡。

而且嘴巴露出來的是……尖牙？

「欸？怎、怎麼了？」

「I'm vampire!（我是吸血鬼！）」

「vampire」是吸血鬼的意思？？

我的頭上浮現了問號，看了看四周，看到更衝擊性的情景。

會場的人們頭上都裝上了角或是戴上了怪物的面具……那邊的是魔女，也有木乃伊！

安德對愣住的我用翻譯機說明道：

『我對你保密了，事實上這個派對是「神祕事件同好會的留學生聚會」喔！』

「什麼？**神祕事件同好會的留學生？**」

『主辦的鯉住先生是這個圈子裡有名的神祕事件研究家喔！是我很崇拜的人！』

神祕事件研究家……**真的假的!?**

震驚之餘，我看向鯉住先生——鯉住先生不知道為什麼，變成河童的樣子!?

光溜溜的頭上頂著一個盤子……

「噗……啊哈哈哈！」

這個派對實在太好玩啦！

跟年齡、性別、出身國完全沒有關係，裝扮成各種喜歡的模樣，每個人都笑得跟孩子似的。

「好像萬聖節呀！如果我有帶什麼裝扮的道具來就好了！」

我興奮地笑著說，安德也很高興地笑著牽起我的手：

「Madoka, let's dance!（小圓，我們來跳舞吧！）」

兩個人跳舞的區域是中央的舞區。

那裡有優雅旋轉跳著舞的狼人和科學怪人，我們也到那裡跳舞。

一開始還有點笨手笨腳的，但是稍微想起練習時的情況，就大致上可以順利地……踏出舞步了。

（我做到了！）

我慢慢地開始享受，也自然地笑了開來。

安德則是看著我微笑著。

在附近跳著舞的留學生們也都依樣相視而笑。

真是不可思議呢。

只是一起跳舞，兩個人的心的距離，就可以感覺如此靠近。

跳完一曲後，我們就一起離開了舞區。

安德前去向鯉住先生打招呼，所以我們就個別行動了。

我則是一個人左看右看地環顧著周圍。

大家都在哪裡呀……？

（啊……小優和小歷！和佐和小理！）

我在舞區看到大家跳舞的姿態，好開心呀！

大家都很享受呢！

（怎麼辦呢？我該找小計和小詞嗎？還是先吃東西……？）

我遲疑著往靠會場牆壁處的桌子方向，慢慢走了過去。

「——小圓小姐。」

我看到對面小詞揮著手靠了過來。

「小詞！」

我也對他揮揮手。

太好了，可以聚在一起了。

我馬上向他那邊走了過去——但卻一下子停住了腳步。

（小詞……？）

總覺得表情跟平常的感覺不太一樣。

我從他那總是很穩重的眼睛深處，感受到一股強烈的決心。

怎麼了呢？

我轉過頭去……發現小詞正在我的面前，端正地站著。

「……公主，妳願意跟我跳一支舞嗎？」

然後向我伸出了手。

他像是個王子般地說著，並且高貴地站著。

（小、小詞……也太帥了吧……！）

我呆呆地看著，忽然像是想起什麼般

地回答：

「我……我很樂意！」

伸出的手牽著我的手，我與小詞再次回到舞區跳起舞來。

舞曲跟剛剛一樣是古典音樂。

「不好意思。」

小詞輕聲說道，輕輕地把手放在我的背部。

我的手也搭著小詞的肩膀。

（哇……好、好近啊……！）

我跟安德因為身高差距的關係，兩個人相隔了一段距離，但是和小詞的臉比想像中還要靠近呢。

雪白光滑的皮膚。

還有那雙光明、清澈的眼睛。

我忽然變得緊張了起來，整個身體硬梆梆地，整個人被輕輕地拉著走。

「——沒關係的。現在請妳只要看著我就好了。」

噗嗵

低聲而甜膩地在我的耳邊說著，讓我的耳朵一下子紅了起來。

（今、今天的小詞，好像跟平常不太一樣呢……!?）

「來吧！好好享受吧。」

右、後、左、前，多虧了小詞順暢地帶領著我，我也慢慢地跳順了舞步。

我們就這麼在舞區順暢地跳著舞。

真得好開心呀……但是比平常都還認真的小詞的表情，也好帥氣！

每次視線相交的時候，我全身都覺得快燒起來，慢慢熱了起來。

我現在，臉真的好紅喔！

一曲結束後，我們就分開了。

我們對看了一下，微微笑著。

「呼、呼……小詞好會跳舞呀！」

「謝謝妳。小圓也很棒喔！」

「是、是嗎？嘿嘿嘿……」

「我們休息一下吧。去喝點什麼飲料……」

「——小圓，妳看！」

忽然聽到有人叫我，往旁邊一看，有隻手忽然伸了過來。

嚇了一跳的同時，景色也一百八十度大轉變。

出現在我面前的是小歷。

「不好意思啊，小詞，**我要把公主接走囉！**」

小歷笑嘻嘻的同時，音樂也變成了愉快的搖滾樂曲。

水晶吊燈的照明也一下子變得昏暗，取而代之的是閃亮亮的水晶球轉來轉去。

「哇！**好漂亮！**」

「沒有任何苦難！搖滾是享受自由的音樂喔！」

就像小歷說的，周圍的派對同伴們都自由地搖晃著身體，大家都手握著拳頭高舉地搖晃著。

我們也面對面地搖晃著身體。

低音不斷傳遍全身，我們的情緒也越來越高亢。

「圓圓，也跟我一起跳！」

搖滾樂曲結束後，接著是小理靠了過來。

這時候播放著明快的流行音樂，我們兩個愉快地跳著。

小理看起來也好開心喔！

這個時候，小優、和佐、小詞和小歷也都聚集過來，大家一起載歌載舞。

（哇～好高興！）

就在熱鬧的音樂之後，樂曲一變，改成緩慢的樂曲。

「我去喝一點飲料喔！」

我離開還在跳舞的大家身邊，獨自前往舞區外。

我坐在空著的椅子上，稍微休息一下。連續跳了好幾首歌，腳果然有點沒力氣了呢……

（啊，對了，應該要喝點水……）

燈光還很昏暗的關係，所以要找到桌子有點困難……

「我可以，坐在妳旁邊嗎？」

忽然後面傳來一陣說話聲。

「啊，小計。」

我一轉過頭，小計拿著兩杯倒了水的玻

璃杯站在那裡。

小計在我身邊坐下，遞了一杯水給我。

「謝謝你的水！……好像已經很久沒有像這樣兩個人一起說話了。」

「是嗎？」

「你看，自從我們不同班之後，幾乎沒有這樣的機會吧？在家念書時，也只是講些念書的事情而已，小計也是很冷淡，感覺起來心情不太好的樣子……」

「我才沒有……！」

小計馬上反駁，但是又忽然不說話。

「……可能吧。」

接著，我們之間陷入了一陣沉默。

我偷偷看向旁邊，小計眉頭深鎖地看著舞區的大家。

整個臉皺成一團。

不知道為什麼，我目不轉睛地一直盯著小計看。

（總覺得，小計……比平常還要像個大人，……有點帥耶。）

才一這樣想，我的臉頰就忽然變得熱熱的，我啪地拍了拍自己的臉。

噗通、噗通、噗通……

怎、怎麼了。

從剛剛開始，心臟就快速跳個不停……？

「我思考了很多。」

小計嘟嚷了一聲。

「至今為止，狀況有點不一樣了。那本書的狀況還有新學期，安德的出現……隨著時間，各種情況都會有所改變是當然的……我也因為這些變化，可能有點還不太習慣吧。」

還不太習慣？

即使被分到其他班級也看起來一臉無所謂的樣子，所以我以為他並不在意……原來在小計心中，也同樣覺得有些失落的吧？

這麼一想，心中不禁覺得有點開心。

「——只是，」

小計繼續說道：

「我思考了很多，終於得出了結論。即使其他事情再怎麼變化，我們是小圓的課本這件事是絕對不會變的，『讓小圓考滿分』是我的夢想，而且我也下定決心要盡力達成……所以，小圓——」

因為小計叫我的名字，我轉頭過去，

小計直視我的眼睛——笑著說：

「我今後也會死命地督促妳念書的，妳覺悟吧！」

小計火力全開地說著，我也跟著笑了出來。

我們即使不在同一班，還可以像以前一樣開著玩笑，笑鬧著。

就在我很高興的時候，忽然間……

（……嗯？）

我把手放在胸前，

總覺得心裡有點刺刺的？

又有點蠢蠢欲動、坐立難安的奇怪感覺……

總覺得有點無法冷靜下來，我把杯子放在桌上，站了起來。

「小計，我們來**跳舞**吧！」

一臉驚訝的小計被我拉著往舞區的方向走。

音樂是——緩慢的古典音樂。

啊，完蛋了。這首音樂應該不太適合我們跳吧……

才這麼想，我的一隻手被往上牽了起來。

（欸？）

等我發現的時候，我的手已經被小計牽起來了。

我們很自然地，跳著舞蹈的基本姿勢。

（嗯？怎麼……）

雖然感到驚訝，但我完全沒有空檔，就這麼被小計牽著往前踏起舞步來。

接下來是，旁、後、旁……

（嗯……？幾乎都會跳耶……？）

就在我一片混亂的時候，看了看小計的臉。

「小計，該不會也會跳舞吧……？」

舞蹈練習的時候其實小計並沒有積極參加，而且小歷好像也說過「小計不太會跳舞」之類的話……？

我瞪大眼睛看著小計，他把眼神移開回答道：

「……我請安德教我的。」

「什麼？安德？」

我想了一下，忽然恍然大悟。

該不會……之前在學校走廊上，安德跟小計說話的內容，就是在討論跳舞的事！？

那個時候小計說「一定不能告訴小圓喔！」……難道是不想讓我知道他在練習跳舞的事情嗎……！

那時候的疑問，現在一下子都解開了。

並不是他們兩個人之間有什麼不開心的事情，實在是太好了！

（不過，小計會請安德教他跳舞這件事，也是很讓人意外呀……）

那時候明明一臉覺得跳舞之類的根本一點意義也沒有，現在卻非常享受派對的活動呢。

這個老是一副臭臉的小計，用盡心力地練習跳舞的樣子。

光是想像就覺得心裡暖洋洋的。

「呵呵。」

我不小心就笑了出來。

小計也馬上回了一句：「別笑啦！」滿臉通紅地氣噗噗說著。

我們兩個就這樣合作無間地踏著舞步。

我覺得我跟這時候的小計感覺起來完全沒有隔閡，之間的生疏感也都消失了。

「……洋裝，很適合妳喔。」

小計忽然低聲說道。

「欸？你剛剛說什麼？」

因為被音樂蓋住了，所以我聽不太清楚啦。

但是，任憑我之後怎麼詢問，小計還是一副臭臉的，什麼都不肯告訴我。

18 新學期的開始

接著，大家又聚集在一起，跳著舞，吃著東西。

只是，我一直沒有看到安德。

剛剛因為他要去跟主辦人鯉住先生說話而跟我分開，後來就沒有再碰面了。

今天的派對明明我和安德是同伴……更應該要一起享受派對才對呀。

「我稍微找一下安德喔。」

我告訴大家後，就一個人在會場到處看看。

不在跳舞區。

在桌子那邊……也沒看到人。

（該不會去上廁所了吧……？）

我一面到處晃一面在會場走著，忽然看到窗戶邊有一道門。

我心想應該是連接露台或是什麼地方吧。

我推開鑲了白色格子窗櫺的玻璃門，那裡有著鋪了磁磚地板的空地。

（嗯？門沒有關緊……？）

因為很在意而靠了過去，從半開著門縫偷偷看了出去。

看到露台的欄杆上有一道人影。

正看著夜空的他的身體，彷彿像是閃著光芒。

「——安德！」

我急忙地跑出去抓著他的手。

安德驚訝地轉過頭，但是一發現是我，感覺整個人放心了下來。

「……What's the matter, Madoka?（怎麼了？小圓。）」

安德溫柔地問道。

他將自己被我抓住的手，輕輕地放在我的手上。

那溫暖的觸感，也讓不安一下子就消失了。

「……不好意思，安德。我正在想你去哪裡了，所以有點擔心而已。」

因為安德有時候感覺起來並不像是這個世界的人，就像是一道光一樣。

原本有著神祕的外表，但是卻因為喜歡河童，讓這種神祕感完全消失……

安德拿出翻譯機對我說道：

『小圓好容易擔心呀！我不會跳到池塘裡，也不會從露台跳下去的。不過有時候我會變成吸血鬼喔！』

安德開玩笑地說著，並且抬頭往上看。

『我只是在看天空而已。』

「天空？」

我也手扶著欄杆，望向天空。

天空不知不覺地染了一片暗藍，上面點綴著星星。

離開家的時候，天空還是亮的，時間真的過得很快呢

「……這麼說來，安德在學校也常常看著窗外呢，你喜歡天空嗎？」

我發現他常常在下課時間或是上課時間望著窗外發呆。

安德的女粉絲們都說：「從那個側臉看過去，充滿神祕感呢！」或是「一定是在思考哲學的事情！」

『嗯——對呀。我很喜歡天空，但是我更喜歡發呆。』

「嗯？什麼意思？思考嗎？」

『思考？不是……就只是什麼都不想喔。或是想忍者大戰天狗，誰會贏之類的，學校的池塘如果有一群河童家族會是什麼樣子之類的……』

河、河童家族!?

用那麼酷的表情，想這種事情……

（安德這個人越是瞭解越覺得有趣呢！）

我輕聲地笑了出來，安德覺得不好意思地低下了頭。

我轉頭一看，剛好看到派對會場的窗戶。

從窗戶傳來明亮的燈光。
可以聽到熱鬧的音樂從遠方傳過來。
『好棒的派對，對吧。』
安德忽然輕聲說道。
『參加的人都很棒，大家一團和樂而且也享受著……能夠來到這裡真是太好了。也多虧了小圓，我才能實現夢想，謝謝妳。』
「不要這麼說。應該要由我向你道謝才對啊！這裡不但有好吃的餐點，跳舞也很好玩，真的很感謝你今天可以找我一起來。嗯……I like party.」
『哇！妳的發音很標準呢！』
「很標準嗎!?**太棒了！**」
我舉高雙手，安德也舉高雙手呼喊萬歲！
我們互看著，哈哈大笑出來。
「那個，也多虧了安德，我稍微有點喜歡上我原本超級不擅長的英語了呢，還有，跳舞也是一樣。」

『真的嗎？太好了。』

安德開心地笑著說。

看到這張臉，我忽然打從心裡產生出「啊啊，幸好我來了，還好我努力做到了」的感受。

因為今天安德的笑臉……真的閃閃發亮，超級棒的。

一直很擔心的致詞，也是成功做到了呢。

「……對了。安德的致詞都說了些什麼呢？」

我忽然問。

那個時候因為滿腦子都是自己的致詞，所以對於前面安德的致詞完全沒有印象……感覺起來安德講了很長的內容，大家的拍手也是超級熱烈的。

『嗯——那個啊……我只是說了有關跟鯉住先生的相遇，還有講日本的妖怪，還有講我喜歡的一些事情……』

然後安德眼神飄到旁邊，抓了抓臉頰。

『……也稍微講了一些小圓的事情喔！不過沒有講出名字啦。』

「欸？我？是什麼事情？」

『那個……保密。』

安德伸出一隻手指，放在嘴唇上，微笑著說道。

欸～好在意！

這麼說來，今天早上跟安德一起來學校看日出的時候，他也用英語低聲說了一些話……

我果然還是要更認真學習英語……

我在心中發誓——忽然安德握住我的手。

「……Madoka, I want to be with you forever……You're my precious.」

我驚訝了幾秒鐘，從翻譯機傳來了聲音：

『小圓，我希望今後都能一直在妳身邊，——妳是我重要的人。』

這麼直接的表達，讓我心跳加速。

那雙緊盯著我，天藍色的眼睛。

光是被目不轉睛地看著，我的心不停地跳動著。

「p、precious?」

「Yes. You're my precious.」

——妳是我重要的人。

有人對我說這句話，我非常高興，同時也覺得很不好意思，也有點心動。

「謝、謝謝。」

雖然想說些什麼，但是我還是低下頭來。

（今後，還有過去也一直是……吧。）

非常高興以外，也覺得有點不捨。

雖然偶爾會忘記……但是安德跟小計他們一樣，也是學科男孩呀。

可能在一轉眼之間，就忽然消失不見了。

『我告訴妳一個祕密喔！』

安德靜靜地說道。

「什麼？」我驚訝地抬起頭。

——**祕密**。

參加這場派對，其實就是為了能讓安德告訴我們「學科男孩的祕密」的條件。

應該要跟其他學科男孩一起聽才對……但是現在要找其他人集合還需要一些時間，有點等不及了。

為了找出讓男孩們成為真正的人類的方法……**時間真的一分一秒都不能浪費。**

我壓抑著興奮的心情，忍住呼吸，安德則是一臉認真地集中精神。

『其實……大家很想知道的「學科男孩的祕密」，我並不知道。我跟其他學科男孩一樣，什麼事都不清楚就這麼誕生在這個世界上，……只是，希望可以幫上小圓的忙，我自己做了很多調查，然後得到了一個**假設**。

「不是人類的生命」要成為真正的人類，也許必須產生**「某種情感」**才行。』

「某種情感……？」

『是的。在國外，似乎有這樣的傳說。』

國外的傳說……？學科男孩跟國外的傳說有關係的意思嗎？

學科男孩其實是國外出身的意思……？

我的腦中有許多想法，安德一下子拿出一本書給我看。

《西洋精靈與傳說的生物事典　著・鯉住怪兵衛》

封面是日語，真是太好了。是日本書。

「……也就是說，這本書是那個鯉住先生寫的嗎？」

「YES！」

安德一臉開心地點了點頭，翻開頁面。

我驚訝地讀起安德指的那個地方。

嗯～寫些什麼呢……？

……據說身為精靈的『Undine（水精靈）』與『Sylph（風精靈）』一旦與人類產生戀情，便會獲得魂魄，並且成為人類……

（嗯……？）

噗嗵

我的心臟用力地跳動著。

——能夠成為人類。

我的眼睛落在這段文字上。

「這、這麼說來……？」

『也就是說，我們學科男孩，也許可以透過**這個方式**，成為真正的人類。』

安德慢慢地對我說道：

『妳應該知道我們學科男孩要成為人類的型態，要經歷三個禮拜的旅程吧？我那個時候在有妖怪傳說的地方徘徊，並且調查了各式各樣的文獻，而且也知道小圓擁有那本神祕的書，那時候覺得如果能在解釋自己的超自然現象知識與學科男孩的祕密上，有一些幫助的話就好了。然後在中途，突然發現了，這本書。』

安德指了指那本書。

我緊握著拳頭，認真聽著。

『想要參加這場派對的其中一個原因是，希望跟身為作者的鯉住先生直接確認的關係，剛剛詢問之後，他說這個傳說的確在國外從古代開始就為人所熟知。當然，我們的條件是否跟這個傳說完全吻合還不知道，……但是，精靈的存在這一點是相同的，然後也覺得或許可以試試看這樣的觀點吧。』

為了確認自己的判斷，他將書遞給了我。

我的脈搏也咚咚地跳著。

因為事出突然，我的頭腦還追不上進度。

因為——**搞不好能夠發現讓男孩們成為真正的人類的方法呀……！**

（嗯……那、那「成為人類的方法」寫在哪裡呀？）

嘶—呼—，深呼吸。

……好！

「嗯……為人所熟知的精靈『Undine（水精靈）』與『Sylph（風精靈）』一旦與人類產生戀情，便會獲得魂魄，並且成為人類……」

……

……

「……？」

嗯？為什麼？完全看不懂是什麼意思？

冷、冷靜一點，**再看一次！**

「嗯……嗯……『一旦與人類產生戀情，便會獲得魂魄，並且成為人類』……？」

產生……？

欸？欸？欸？

戀、戀戀戀、**戀…………戀情!?**

『也許只有擄獲妳的心的那個學科男孩，才有可能成為人類。』

安德認真地說道。

我驚訝地嘴巴都闔不起來，呆立在原地。

（我、我要跟學科男孩，戀愛……？）

噗通、噗通，我的心臟不停地狂跳。

等一下……這種事情，突然這樣說也未免……！

但、但是，我明明跟談戀愛什麼的，都完全沒關係地生活著呀！

學科男孩們對我來說，是很重要的家人之類的存在耶？

但、但是……

（而且……假如我選擇了某個學科男孩，那**剩下的其他男孩**會怎麼樣？）

我的腦中亂成一團，手也離開了原本握著的露台欄杆。

完全沒有想到，事情會有這樣的發展。

「怎、怎麼辦？」

我該怎麼辦才好～!?

後記

大家好！我是一之瀨三葉。

《倒數計時！學科男孩》終於來到第六集了，小圓他們也升上了六年級！

話說回來，大家喜不喜歡英語同學呀？

這次的故事中，英語同學有很多出現的場面，但老實說，我的英語能力其實不太行（笑）。

學生時代，如果可以更認真讀英語就好了呢。

……不對不對，現在開始也不遲呀!?

如果有推薦的英語學習方式，請務必告訴我喔！

希望有一天我在看國外的電影或是戲劇的時候，可以不用看字幕就能看懂啊～我會加油的！

★第一七七頁的英語意思★

「……But your smile is 1000 times more beautiful than that.」

（但是，妳的笑容比朝陽還要美麗一千倍喔！）

下回預告

和學科男孩的某個人談
戀愛〜〜〜〜〜〜〜〜〜〜唉！？！？

小圓

？發生什麼事了？

小計

臉紅紅的，感冒了嗎？
這個時候……

小理

哇──！！！沒有這回！！事！！！！

小圓

這麼說來，
小圓決定參加哪一個呢？

小歷

啊啊，川熊老師剛剛才提到
「學生會活動」的事情呢。

小詞

小圓要進入哪個學生會呢？

安德

小圓難道會跟學科男孩，談起純純的愛嗎！？！？

而且新學期，還有學生會活動要舉辦喔！

小圓是跟那個男孩一起參加〇〇學生會！？

敬請期待《倒數計時！學科男孩》第七集！

倒數計時！學科男孩⑥——新學科男孩：英語同學登場！

作　者——一之瀨三葉
繪　者——榎能登
譯　者——王榆琮
主　編——王衣卉
行銷主任——王綾翊
內文校對——陳怡璇
書籍設計——Anna D.
書籍排版——唯翔工作室

總 編 輯——梁芳春
董 事 長——趙政岷
出 版 者——時報文化出版企業股份有限公司
108019台北市和平西路三段二四〇號
發行專線——（〇二）二三〇六六八四二
讀者服務專線——〇八〇〇二三一七〇五
（〇二）二三〇四七一〇三
讀者服務傳真——（〇二）二三〇四六八五八
郵撥——一九三四四七二四時報文化出版公司
信箱——一〇八九九臺北華江郵局第九九信箱

時報悅讀網——http://www.readingtimes.com.tw
電子郵件信箱——yoho@readingtimes.com.tw
法律顧問——理律法律事務所　陳長文律師、李念祖律師
印　刷——勁達印刷有限公司
初版一刷——二〇二四年一月十九日
定　價——新台幣三〇〇元

時報文化出版公司成立於一九七五年，
並於一九九九年股票上櫃公開發行，
於二〇〇八年脫離中時集團非屬旺中，
以「尊重智慧與創意的文化事業」為信念。

倒數計時!學科男孩. 6, 新學科男孩:英語同學登場!/一之瀨三葉文；榎能登圖. -- 初版. -- 臺北市：時報文化出版企業股份有限公司, 2024.01

256面；14.8×21公分

ISBN 978-626-374-781-4（平裝）

861.596　　112021675